年飞花令

单字飞花

宋琬如◎编著

秋雨梧桐叶落时

北方文艺出版社

图书在版编目（CIP）数据

秋雨梧桐叶落时 / 宋琬如编著 . -- 哈尔滨：北方
文艺出版社，2020.10
（少年飞花令）
ISBN 978-7-5317-4837-3

Ⅰ.①秋… Ⅱ.①宋… Ⅲ.①古典诗歌－诗歌欣赏－
中国－少儿读物②词（文学）－诗歌欣赏－中国－古代－少
儿读物 Ⅳ.① I207.2-49

中国版本图书馆 CIP 数据核字（2020）第 143886 号

秋雨梧桐叶落时
QIUYU WUTONG YELUO SHI

编　著／宋琬如

出 版 人／薛方闻　杨　晶
责任编辑／王丽华　　　　　　　　　封面设计／周　正

出版发行／北方文艺出版社　　　　　网　址／www.bfwy.com
邮　编／150008　　　　　　　　　　经　销／新华书店
发行电话／（0451）86825533　　　　地　址／哈尔滨市南岗区宣庆小区 1 号楼

印　刷／艺堂印刷（天津）有限公司　开　本／680×915　1/16
字　数／90千　　　　　　　　　　　印　张／7
版　次／2020 年 10 月第 1 版　　　　印　次／2020 年 10 月第 1 次印刷

书　号／ISBN 978-7-5317-4837-3　　定　价／25.60 元

序言

彭敏

　　如果要用一个词来形容诗词对孩子的人生所起的作用，我认为是"点亮"。大文豪苏轼说得好："腹有诗书气自华。"读诗词和不读诗词，真的是两种完全不同的童年。美丽动人的诗词，会点亮一个孩子的人生，让他的灵魂像大海一样辽阔且丰盛。那些抑扬顿挫的韵律和百转千回的情思，会给孩子的想象力插上一对巨大的翅膀，让他们能够跨越浩瀚时空，去和李白、杜甫、苏轼这些伟大的灵魂执手言欢，促膝长谈。

　　《中国诗词大会》的热播，在全中国的孩子们当中掀起了一股读诗词、背诗词的热潮，飞花令游戏也风靡一时。常见的诗词选本都是按照诗人所处年代的时间顺序来编排，"少年飞花令"这套书却独辟蹊径，以飞花令为切入点，选取诗词中经常出现的常见字及组合进行编排，让孩子在阅读经典诗词的同时，还能遍览飞花令的诸多玩法，既提升了诗词储备量，也在无形中练就了飞花令的"绝技"。为了不让持续阅读的过程流于枯燥疲累，书中插入了许多趣味小故事，让诗人的形象变得更加丰富立体，不时还会有趣味诗词游戏，寓教于乐，劳逸结合，这样的阅读体验着实令人心旷神怡。

　　诗词是中国人的文化原乡，孩子们的精神沃土。愿天下喜爱诗词的孩子，都能从这套书里拥抱诗词的美好，感悟人生的真谛！

（彭敏，第五季《中国诗词大会》总冠军，中国作家协会《诗刊》社编辑部副主任）

　　春城飞花时，秋篱雨落后，携一缕诗香，在流年中漫步，便是人生最美的遇见。读诗，读史；读词，读人。展卷阅诗词，不知不觉，便已将世间风景阅遍。无论辗转多少岁月，诗词的纯净至美都足以令人陶醉感怀。花前对月，泪里梧桐，栏杆斜倚，柳下松风，咏不尽的风物，诉不尽的真情；云涛晓雾，暗香蛙鸣，沧海渺渺中，自见壮怀山水。

　　飞花令，古代文人墨客宴饮时常行的一种助酒雅令。古往今来，有不少流传千古的名章佳句都是在行飞花令时即兴创作而得。俯仰上下，想到那时的盛况，纵然不能目睹，也能想见时人的文采风流、才思机敏。

　　读诗览胜，对词怀古，人生最美的旅行，便是乘诗词之舟，跨越千年，与名人雅士来一场穿越时空的邂逅。为此，我们精心遴选了历代诗词大家的经典之作，以飞花令的形式，为青少年读者量身定制了这套"少年飞花令"。

　　我们徜徉在诗词胜境中，既能看春夏秋冬四时之绚烂、观风霜雨雪各自妙景，又能品梅兰竹菊无双淡雅、阅鱼虫鸟兽自然性灵，不知不觉，便已沉醉其中。诗词千般，卷帙浩繁，不一样的格律、不一样的感喟，述的却是同一段历史、同一种悠情。

　　成人读诗，读的是人生；少年读诗，读的则是趣味，是品格，是志向。万里长天共月明，飞花有时最情浓。飞花令里读诗词，浮沉过往，让少年感知历史，鉴阅人生，以古知今，培一种性情，养一段雅趣。

玩转飞花令

古代飞花令

　　飞花令其实是中国古代一种喝酒时用来罚酒助兴的酒令，"飞花"一词出自唐代诗人韩翃的《寒食》中的"春城无处不飞花"一句。该令属雅令。一般来说，行令时选用的诗句不仅必须含有相对应的行令字，而且对该行令字出现的位置同样有着严格的要求。行令时首选诗和词，也可用曲，但一般不超过七个字。例如：

花开堪折直须折（"花"在第一字）

落花人独立（"花"在第二字）

感时花溅泪（"花"在第三字）

以此类推。可背诵前人名句，也可即兴创作。当作不出、背不出诗或作错、背错时，则由酒令官命其喝酒，算是一个小小的惩罚。

　　当然，飞花令并不局限于"花"字，诸如"月""酒""江"等经常在古诗文中出现的字都可以成为飞花令的行令字。

单字飞花令

　　历经时代变迁，飞花令在岁月流转中，演绎出了不同的玩法。单字飞花令是古代飞花令的一种延续，它的玩法与古代飞花令一致，只是对行令字出现的位置没有要求。例如：

云破月来花弄影

云中谁寄锦书来

天光云影共徘徊

以此类推。玩法较古代飞花令更加灵活，可以让孩子和大人一起参与，共同感受流传千古的诗词经典之美。让诗词在历史长河中熠熠生辉，影响一代又一代的中国人。

目录

注：★为小学必背古诗词　★为初中必背古诗词

水

观沧海①

[东汉] 曹操

东临碣石②，以观沧③海。
水何澹澹④，山岛竦峙⑤。
树木丛生，百草丰茂。
秋风萧瑟，洪波涌起。
日月之行，若出其中。
星汉⑥灿烂，若出其里。
幸甚至哉，歌以咏志。

注 释

①曹操所作组诗《步出夏门行》的一章。②碣（jié）石：山名，在今河北昌黎西北。③沧：通"苍"，青绿色。④澹（dàn）澹：形容水波荡漾的样子。⑤竦峙（sǒng zhì）：高高地挺立。竦，通"耸"；峙，挺立。⑥星汉：银河。

❀ 译文

　　向东行，登上碣石山巅，观赏苍茫的大海。海水波涛激荡，岛屿、山峰高高地挺立。树木丛聚、花草茂密。秋风吹来，草木一片萧瑟，波涛澎湃、巨浪涌动。日月似乎在海中升起落下，银河灿烂的星辰好像就包蕴在海中。多么幸运啊，我能赋诗作歌来抒发自己的志向。

❀ 赏析

　　开篇两句交代观海的方位和地点，虽只寥寥八字，却使诗人登山望海的勃勃英姿跃然于读者眼前。"观"字统领全篇，引出接下来的十句具体描写：只见大海波澜壮阔，海边的山岛皆高高地耸立，山岛上"树木丛生，百草丰茂"，充满了生命力，而随着萧瑟的秋风吹来，海面突然涌起惊涛骇浪……这画面多么震撼人心！在诗中，诗人并没有用任何直抒胸臆的感慨之词，而是以太阳、月亮和银河这三个自然界中辉煌伟大的形象为衬托，生动而传神地描绘了大海浩荡壮阔、容纳万物的气魄，令人感受到一种壮丽的意境。

　　最后的"幸甚至哉，歌以咏志"，在无形中将大海之雄浑气势与诗人之宏伟志向联系了起来，表达了诗人渴望统一中原、建功立业，要像大海一样将天下纳入掌中的宏大抱负。

望洞庭①湖赠张丞相

[唐] 孟浩然

八月湖水平，涵虚②混太清③。

气蒸云梦泽，波撼岳阳城。

欲济无舟楫，端居④耻圣明。

坐观垂钓者，徒有羡鱼情⑤。

注 释

①洞庭：指洞庭湖，在长江中游荆江南岸，春秋战国时期因湖中的洞庭山（今称君山）而得名。古时又称为九江、云梦、重湖。②涵虚：指水映天空。③混太清：与天空浑然一体。此指水天一色。④端居：指闲居无事。⑤羡鱼情：这里诗人借以表达自己想要出来做官却没有途径。典出《淮南子·说林训》："临河而羡鱼，不如归家织网。"

译 文

八月，洞庭湖的湖水与岸齐平。水波倒映着天空，水天相接，浑然一体。云梦泽水汽蒸腾，汹涌的波涛仿佛要撼动岳阳城。想要渡湖却没有船只，在家闲居，因有负太平盛世而羞愧。坐看他人垂钓，只能空怀羡慕之情。

赏 析

孟浩然出身于书香门第，幼时苦读，才学甚佳，却一生仕途坎坷。

他曾在洛阳徘徊三年，只为了能得到唐玄宗的赏识，却最终一无所获。唐玄宗开元二十一年（733），诗人游至长安（今陕西西安）时，作了这首诗给当时的丞相张九龄，委婉地表达了自己希望得到推荐，渴望为国效力的心愿。全诗写景与抒怀相结合，描写了八月波涛汹涌的洞庭湖，然后借想渡水苦无船只来暗喻想出仕却无人引荐的心情。诗人含蓄的想法，苦闷的心情，在此一览无余。作完此诗之后，虽然诗人的才学得到了丞相的赏识，但也只是在四年后短暂地当了幕府，不久便归乡，几年后逝世。

望洞庭

［唐］刘禹锡

湖光秋月两相和，潭面无风镜未磨。
遥望洞庭山水翠①，白银盘②里一青螺。

注释

①山水翠：又作"山
水色"。②白银盘：又作"白
云盘"。

译文

洞庭湖的水色湖光与秋日的月色相互应
和，湖面风平浪静，仿佛未经打磨的铜镜。遥望
洞庭湖，山清水秀，一片苍翠，就仿佛白银盘里放着
一颗青螺。

赏析

诗人从遥望的角度，设以形象巧妙的比喻，描绘了洞庭湖在秋夜
月光下优美动人的景色，展现出一种清新、宁静、朦胧而和谐的境界。
首句"湖光秋月两相和"之诗眼在一"和"字，将皎洁柔和的月光，
因受月光反射而显得盈盈的湖光自然地融合在一起。次句"潭面无风
镜未磨"，妙在"镜未磨"一喻，体现出了湖水那种特有的、透着朦胧
的样子。第三句的重点在于"遥望"，远处望景与近处看景所获得的体
验当然是不同的。于是，第四句的比喻"白银盘里一青螺"就更易理
解、更显生动了。

全诗的艺术特色在于恰到好处的用字与比喻，而诗人对大自然的
细腻观察与热爱之情，以及其丰富的想象力，从这短短四句诗中可见
一斑。

暮江吟①

〔唐〕白居易

一道残阳②铺水中，半江瑟瑟③半江红。
可怜④九月初三夜，露似真珠⑤月似弓。

⊛ **注 释**

①暮江吟：傍晚时分在江畔写的诗。吟，古代一种诗歌体裁。②残阳：将落山的太阳，也指傍晚或晚霞。③瑟瑟：原指碧绿色的珍宝，本诗指未受到残阳照射的江水所呈现出的青绿色。④可怜：可爱，值得怜惜。⑤真珠：即珍珠。

⊛ **译 文**

夕阳的余晖照射在水面上，江面一半碧绿一半嫣红。九月初三的夜晚如此可爱，露水好似珍珠，月亮好似弯弓。

赏析

"一道残阳铺水中，半江瑟瑟半江红"，描摹的是夕阳西斜、晚霞映江的绮丽画面。在"半江瑟瑟半江红"一句中，"瑟瑟"与"红"的景色渐变，形象地描绘出了江上水天相映、波光粼粼、光影瞬息变幻的明丽。诗的后两句，描绘的是夕阳沉落之后，新月初升的情景。碧蓝的天空上，新月迷蒙，若一柄玲珑的弯弓；月光漫洒，照在江边的碧草上，草叶上初凝的露水缓缓滚动，每一颗都恍若珍珠，圆滑唯美，色泽莹润。而"可怜九月初三夜"一句承上启下，不仅联结了残阳与新月两幅画卷，还直抒胸臆，既表达了诗人对大自然的热爱，又表达了他远离朝野党争之后悠然闲适的心绪，尤其是"可怜"二字，更将全诗的情感推向了一个新的高度。

诗词拾趣

从下面的词组中各选一个字，组成两句诗。

- 谁是谁非　知音难求　盘根错节　瓮中捉鳖　秀色可餐
- 颗粒无收　米粒之珠　四大皆空　千辛万苦　苦尽甘来

句1

句2

霜月

[唐] 李商隐

初闻征雁^①已无蝉，百尺楼高^②水接天。
青女^③素娥^④俱耐冷，月中霜里斗婵娟^⑤。

注释

①征雁：指秋天南飞的大雁。②楼高：又作"楼南""楼台"。
③青女：传说中主管霜雪的女神。④素娥：指嫦娥。⑤婵娟：姿
态美好。

译文

　　刚刚听到南飞大雁的啼鸣声，蝉鸣
已不再响起。登临百尺高楼，遥见水天一
色。霜神青女和月中嫦娥都不惧严寒，在
寒月冷霜中争芳斗艳，比看谁姿容
更曼妙美好。

赏析

　　这首七言绝句第一、二句是写
诗人在秋夜登临高楼，远眺霜冷长
天、寒月高悬的情景。首句七字写出了季
节的变化，蝉鸣远去，取而代之的是征雁声声，秋意寒
凉。次句则渲染出"琼楼玉宇，高处不胜寒"的氛围，而"水接

天"三字虚虚实实，既可以视为水天一片的实景，也可以理解为霜、月与夜空清冷如水、浑然一体的景象。诗的后两句，诗人笔锋一转，不再直写霜月，转而写传说中的青女与嫦娥，以神话之美映衬自然之美，而如此虚写自然比直接赞美更为高明。在诗人的眼中或想象中，青女与嫦娥的冰肌玉骨、绰约仙姿在霜月交辉的夜景中隐约可见，"素"是霜月的意象，"耐冷"是霜月的高洁品格，"斗婵娟"则体现霜月的融合交织。

书^①湖阴先生^②壁二首（其一）

〔宋〕王安石

茅檐^③长^④扫净无苔^⑤，花木成畦^⑥手自栽。
一**水**护田^⑦将绿绕，两山排闼^⑧送青来。

注释

①书：书写。②湖阴先生：名杨骥，是诗人退居江宁（今江苏南京）时的邻居。③茅檐：茅屋的屋檐，诗中指庭院。④长：通"常"。⑤苔：青苔。⑥花木成畦（qí）：指花木呈行列整齐状。⑦护田：环绕呵护着园田。语见《史记·大宛列传》"西至盐水，往往有亭。而仑头有田卒数百人，因置使者护田积粟，以给使外国者"。⑧排闼（tà）：推开门。闼，宫中小门，多指内门而言。

❀ 译文

庭院常常洒扫，清洁明净，没有一丝青苔，花草树木成行成垄，全是主人亲手栽种。护卫田垄的小溪环绕着绿苗，两座青山夹峙，仿佛要推开门户，将青葱翠色送来。

❀ 赏析

第一句的诗眼在一"净"字。勤劳的主人时常清扫庭院，故而院内十分洁净，而诗人选取"无苔"来体现这一点，可谓举重若轻。且"净"，既是洁净，也是安静，如此，环境的清幽与湖阴先生的隐士身份都呼之欲出。次句写院中的花木，诗人用"成畦"二字，形象地刻画了花圃的整齐有序和丰美，同时点明这美丽的花圃乃"手自栽"，由此可见主人的高雅品格，以及闲居田园的恬淡心境。接下来两句，诗人将视线从院内转移到院外，运用拟人手法描写了门前的一条溪流、一片农田和两座青山。"绕"字可见小溪的曲折生姿，"护"字与"送"字则不仅使山水具有了人情味儿，亦是在写诗人和此庭院主人的深厚情谊：山水尚且如此，何况人呢？此二句化静为动，将山水写得生动而鲜活。

诗词拾趣

请根据下面提供的字，写出两句诗。

春	一	我	明	五	岸
甜	江	水	船	又	时
照	瓜	风	何	儿	成
南	月	井	青	还	绿

句1

句2

西江月·别梦已随流水①

[宋] 苏轼

别梦已随流水，泪巾犹裹②香泉③。相如依旧是臞仙④。人在瑶台阆苑⑤。

花雾萦风缥缈，歌珠滴水清圆。蛾眉新作十分妍。走马归来便面⑥。

注释

①此词为北宋元丰七年（1084），苏轼过姑熟县遇见故友徐君猷的侍女胜之，有感而作。②裛（yì）：沾湿。③香泉：指美人的泪水。④臞（qú）仙：典出《史记·司马相如列传》："相如以为列仙之传居山泽间，形容甚臞，此非帝王之仙意也。"苏轼因之作《臞仙帖》。⑤阆（làng）苑：传说中的神仙居所。此句指徐君猷已仙逝，升入仙境。⑥便面：古代指持以遮面的扇子。

译文

离别后的相思之梦已如流水般逝去，美人的眼泪仍能浸湿香帕。司马相如依旧风度翩翩、清癯若仙。离开的人如今在神仙居住的宫阙中，令人挂念。

身姿若雾中花影、缥缈秋风般婀娜纤细，歌声若贯珠般连绵清越，又若滴水般甜美圆润。新画的眉毛非常妍丽，骑马回来时，竟以扇遮面不想见。

赏析

苏轼的这首词，词意清婉，缠绵之中带着无限离愁。上阕，词人以"别梦"起笔，开篇明义，直接抒发别离之思。流水潺潺，冲散了别梦依依；泪水涟涟，沾湿了罗帕；司马相如依旧清癯如仙，而思念的人已在阆苑之畔。寥寥数语，虽不曾言愁，愁绪却在泪水与别梦之中悠悠流转。下阕，词人继续借景抒情。落花随风，薄雾缥缈，歌声凄切，露珠清圆，彼时相思无尽亦无声。之后，词人却笔锋陡转，以新画的蛾眉作引，引出了"走马归来便面"。故人已逝，侍女已他属，虽有新妆，如今却障面不使相见了。词人构思之工巧，驾驭情感之圆融，委实令人赞叹。

行香子^①·树绕村庄

［宋］秦观

树绕村庄，水满陂塘^②。倚东风，豪兴^③徜徉^④。小园几许，收尽春光。有桃花红，李花白，菜花黄。

远远围墙，隐隐茅堂。飏^⑤青旗^⑥，流水桥傍。偶然乘兴，步过东冈。正莺儿啼，燕儿舞，蝶儿忙。

注释

①行香子：词牌名，正体双调六十六字。②陂（bēi）塘：池塘。③豪兴：浓厚的兴趣。④徜徉：来来回回地走动。此处形容安闲自得的样子。⑤飏（yáng）：飘扬，飞扬。⑥青旗：青色的酒幌。

译文

翠树环绕着村庄，春水盈满池塘。满怀兴致，在春风中安闲漫赏。小小的院落，收尽了春光，桃花红艳，李花纯白，油菜花金黄。

13

　　越过围墙远望，几间茅屋若隐若现。小桥流水边，酒旗飞扬。偶然乘着游兴大发，走过东面的山冈。正看到黄莺啼鸣，燕子飞舞，蝴蝶匆忙。

赏 析

　　这是一首单纯的写景小词。清新明快，意境悠然，淋漓尽致地描绘出了春日田园的烂漫景致。

　　上阕，用白描的手法，勾勒了一幅"小园春色图"。"东风"点明时令；"豪兴"说明兴致正浓；"徜徉"说明词人是信步游览，没有特定的路线和目的；"收尽"既写出了"小园"的春光烂漫，也透出了词人目睹小园风景时的喜悦。"红""白""黄"的颜色状写，更为全词平添了几抹亮色。

　　下阕，词人的视线转移，由近及远，描绘了另一幅春景。小桥流

水、村舍茅檐、酒旗游人、山冈莺燕，不同的景物，洋溢的却是同样醉人的风情。其中，"飔""过""啼""舞""忙"这些动词的连缀，更赋予了春光一种别样的鲜活味道。

观书有感（其二）

[宋] 朱熹

昨夜江边春水生，蒙冲①巨舰一毛轻②。
向来③枉费④推移力⑤，此日中流⑥自在⑦行。

注释

①蒙冲：一作"艨艟"，古代战船名，此处泛指大船。②一毛轻：像一片羽毛一样轻盈。③向来：本来，原先，平素。④枉费：白费，徒然耗费。⑤推移力：指浅水行船困难，需要人力推动。⑥中流：河流中央。⑦自在：自由，无拘无束。

译文

昨天夜间江边春潮连涨，大船变得像一片羽毛一样轻盈。平日里花费许多力气也推不动它，今天却在河流中央自由自在地航行。

赏析

这是一首说理的小诗，诗很短，却发人深省。

　　诗的主旨是讲述读书的感悟，但全诗没有一个字提及读书，而是巧妙地用了"春水行船"的例子来比喻。

　　"春水生"既是写实景，也是写虚理，一个"生"字逗起全诗，与"一毛轻"的"轻"，"自在行"的"行"相呼应，写出了顺水行船的轻盈便捷。同时，"向来"行船的艰难与"今日"行船的自在也形成了一组对比，越发突出了"春水生"的好处与重要性。

　　显而易见，诗中的"春水"是个极具象征意义的意象。那么，它象征着什么？比喻了什么呢？也许是勃发的灵感，也许是读书百遍后通明的心境，也许是某种学习的技巧和感悟，在此，诗人没有明说。读同一首诗，不同的人会产生不同的感悟，见仁见智，不一而足。

诗词拾趣

　　请根据下面提供的字，写出两句诗。

草	珠	手	木	花	雨
云	真	成	叶	自	时
栽	似	露	雪	似	月
人	畦	弓	霜	二	坐

句1

句2

山坡羊①·骊山怀古

[元] 张养浩

骊山四顾，阿房②一炬③，当时奢侈今何处？只见草萧疏④，水萦纡⑤。至今遗恨⑥迷⑦烟树⑧，列国周齐秦汉楚。赢，都变做了土；输，都变做了土。

注释

①山坡羊：曲牌名，又名《山坡里羊》《苏武持节》，正体十一句。②阿房（ē páng）：指秦始皇营建的阿房宫。③一炬：指公元前206年，项羽攻入咸阳，放火焚毁阿房宫。④萧疏：清冷，稀稀落落。⑤萦纡（yū）：回环曲折。⑥遗恨：遗憾，未了的心愿。⑦迷：分辨不清。⑧烟树：云烟缭绕的丛林。

译文

在骊山上环视四周，阿房宫已经被项羽一把火烧了，当年奢侈华丽的景象，现在到哪里去找寻？只能看到稀疏寥落的荒草，回旋曲折

的水流。到现在遗憾消失在云烟缭绕的丛林中，遥想当年，周、齐、秦、汉、楚争战不休。赢了的，化作了尘土；输了的，也化作了尘土。

❀ 赏 析

这是一首怀古伤今、感叹兴亡的小令。

"骊山四顾"三句，起笔怀古，通过"阿房"怀念秦时繁华奢靡的阿房宫。"今何处"承上启下，引出后文。"只见"两句伤今。通过古今骊山之上宫殿的兴废、景物的变迁，委婉地写王朝的兴衰更替。"至今"两句，顺势递进，抒发感慨，借前朝的灭亡，讽刺现在的当政者。最后，更以无论"输赢"，都化作了尘土，托古讽今，表现了词人对当朝统治者的严重不满。

总体来说，这是一首质朴厚重的小令，语言很朴素，没用什么晦涩的典故，但意味却很深刻。尤其是末尾两句，颇有几分"兴，百姓苦；亡，百姓苦"的神韵。

下面诗词中，与"赢，都变做了土；输，都变做了土"情感一致的是哪一项？

- □ A. 贫，气不改；达，志不改。
- □ B. 兴，百姓苦；亡，百姓苦。
- □ C. 山，空自愁；河，空自流。
- □ D. 阴，也是错；晴，也是错。

诗词拾趣

天

宿建德江①

[唐]孟浩然

移舟②泊烟渚③，日暮客愁新④。
野旷⑤天低树⑥，江清⑦月⑧近人。

注释

①建德江：新安江流经建德（今属浙江）的一段江水。②移舟：摇船。③渚：水中的小块陆地。④客愁新：旅途中新添的愁思。⑤旷：空阔。⑥天低树：远处的天好像比近处的树还低。⑦江清：指平静的江面。⑧月：指江中的月影。

译文

划动小船，将它停泊在烟雾笼罩的沙洲旁；傍晚时分，新的愁绪又涌上了游子的心头。原野辽阔空旷，远处的天幕似乎比近处的树木还低沉。明月倒映在清澈的江水中，仿佛与人的距离更近了。

赏析

　　这是一首抒发羁旅愁思的五言绝句。全诗的诗眼是"暮"字，因天近薄暮而使江水迷茫，在迷茫中行进的小船，使诗人联想到身世的飘忽不定，更增加其惆怅。诗的起句"移舟泊烟渚"讲了行船停靠在江中的一个烟雾朦胧的小洲边，这就为下文的写景抒情做了准备。第二句"日暮客愁新"中"日暮"和上句的"泊""烟"前后呼应，讲述了旅人惆怅的心情——船好不容易停下来了，正是休息解乏的时候，谁知望着舱外烟笼沙洲，日暮将近的景色，那淡淡的羁旅之愁油然而生。接下来的两句对仗写景，借景而显愁，其中，"旷"和"低"相互映衬，"树"与"月"互相依存，"野旷天低树，江清月近人"这种极富特色的景色显示出了一种内敛、细致、精巧的艺术之美。

黄鹤楼送孟浩然之①广陵②

[唐] 李白

故人西辞黄鹤楼，烟花三月③下扬州④。
孤帆远影碧空尽⑤，唯见⑥长江天际⑦流。

注释

　　①之：去。②广陵：今江苏扬州。③烟花三月：指江南春天的景物。江南的阴历三月正是花开之时，田野上常有迷迷蒙蒙的

雾气，古人称之为"烟花"。④下扬州：到扬州去。下，是指顺流直下。⑤碧空尽：消失在碧色的天空中。⑥唯见：只见。⑦天际：天边。

❀ 译文

老朋友在黄鹤楼与我辞别，在柳絮如烟、繁花似锦的阳春三月远赴扬州。孤帆船影渐远，消失在碧空的尽头，只看到长江浩荡，向着天际奔流。

❀ 赏析

李白与孟浩然的交往，是在他正当年轻快意的时候，他眼里的世界还像黄金一般美好。比李白大十多岁的孟浩然，这时已经诗名满天下，他给李白的印象是陶醉在山水之间，自由而愉快。这次离别正值开元盛世，天下太平而又繁荣；季节是烟花三月、春意最浓的时候，从武汉到扬州，这一路都是繁花似锦。而扬州更是当时整个东南地区特别繁华的都会。李白是那样一个浪漫、爱好游玩的人，所以这次离别完全是在很浓郁的畅想曲和抒情诗的气氛下进行的。李白心里没有什么忧伤和不愉快，相反地认为孟浩然这趟旅行快乐得很，他向往扬州，又向往孟浩然，所以一边送别，一边心也就跟着飞翔，胸中有无穷的诗意随着江水荡漾。总之，这是一场极富诗意、两位风流潇洒诗人的离别。

夜宿山寺

[唐] 李白

危楼^①高百尺，手可摘星辰。
不敢高声语^②，恐惊^③天上人。

注 释

①危楼：高楼。此处指山顶的寺庙。②语：说话。③恐惊：害怕惊扰。恐，担心、害怕；惊，惊动、惊扰。

译 文

山顶的寺庙真高啊，人在楼上似乎伸手就能把星星摘下来。不敢高声说话，害怕惊扰到天上的神人。

赏 析

诗的首句正面写景，以"危""高"二字，形象地写出了寺庙的挺拔巍峨。次句侧面烘托，用"可摘星辰"的夸张之语，进一步写了"危楼"之高，引发人们对"危楼"的憧憬与向往。

三、四两句，顺承次句，以虚代实，想象更加瑰丽奇伟。"不敢""恐惊"既生动地描绘了诗人好奇、谨慎的心理，也更深入地写出了"危楼"的高。因为楼高，直入天阙，所以楼上人才能与天上人如此接近，近到大声说话都会扰人清梦的地步。不得不说，李白的这种设想看似童稚，却分外烂漫有趣。清丽的语言、大胆的想象、天马行空般的笔法、率直的思绪，无不令人感叹与动容。

晚晴

[唐] 李商隐

深居俯夹城^①，春去夏犹清。
天意怜幽草^②，人间重晚晴。
并添高阁迥，微注^③小窗明。
越鸟^④巢干后，归飞体更轻。

注释

①夹城：古时城门外有一个曲城（护卫城门的半环形套城），当时被称为夹城。②幽草：不见阳光的小草。③微注：指光线较暗，微弱柔和。④越鸟：古时越为南方，越鸟即南方的鸟。

译文

独自幽居，俯瞰夹城，春天已经逝去，初夏仍是凉爽清朗。上天怜惜生在幽暗之地的小草，人们最重视傍晚晴朗的风致。登上高阁，极目眺望，视线更加邈远。夕阳的余晖洒落小窗，微弱且柔和。南方的鸟儿巢穴已被晒干，归来时翩翩飞舞，体态越发轻盈。

赏析

诗人从自己僻居幽静之所开始，然后凭高远眺明丽的晚晴之景。其过程犹如一个被因于幽暗之所的人，突然被拯救出来，那种一眼望到明丽晴暖阳光的感慨之情被表达得淋漓尽致。同时，这也为全诗奠定了万物勃然、充满生机的基础，自然使得雨过天晴、云开日出的蓬勃之景呼之欲出。于诗末一句"归飞体更轻"，我们就完全可以品读出诗人当时欣喜、明朗、乐观之心情。对一位著名的诗人而言，描写景致已经不是什么难题，但本诗妙就妙在诗人将自己的心境通过天气、景致进行完美传达，让全诗的景致和诗人心境产生共鸣，却又不露痕迹，可谓物与人浑然天成，景与情自然相生。使人不但读之有物，且思之有感，这种功力是最难能可贵的。

佣书贩春

李商隐是晚唐著名诗人，他小时候原本家里条件还算优渥，但九岁那年，因父亲离世，家里的天一下子就塌了。还是个孩子的李商隐，不得不担起生活的重担。

他得为父亲料理丧事，照料母亲和弟弟、妹妹，还得赚钱养家。可是，他没什么特长，卖苦力也没人要。没办法，他只能到处求人，最后，他找到了两条赚钱之路：一是帮人抄写书籍，二是帮人捣臼舂米。

为了多赚些钱，李商隐常常抄书抄到半夜，睡醒后，继续抄，还得抽出时间舂米。因家里穷，吃不到有营养的饭菜，所以，少年时的李商隐十分瘦弱。但是，不管生活多么艰辛，他还是每天坚持读书，一有空闲就去找人请教。十六岁那年，他凭着真才实学，名动京城。

诗词拾趣

长相思^①·一重^②山

[南唐] 李煜

一重山，两重山。山远天高烟水寒，相思枫叶丹^③。
菊花开，菊花残。塞雁^④高飞人未还，一帘风月^⑤闲。

注释

①长相思：词牌名，又名《吴山青》《相思令》等。正体双调三十六字。②重（chóng）：量词，层。③丹：红。④塞雁：塞外的大雁。⑤风月：风声与月色。

译文

一重、两重、重重叠叠的山。山邈远，天高阔，寒烟笼罩的水面一片清冷，相思却像枫叶火焰般炽烈。

菊花盛开又凋残。边塞的大雁振翅南飞，人却没有归来。帘外和风朗月无人赏玩。

赏析

词以"一重山，两重山"开首，仿佛可见远山如黛。一重、两重，向远处伸展，思妇的目光仿佛也越过一重山、两重山，望向征人戍守的边关。词人以"山远天高烟水寒，相思枫叶丹"为上阕作结，顿时勾勒出思妇在等待中的淡淡忧愁。下阕，菊花开了又落，更深一层地渲染了暮秋时节的凄冷景象。花的凋零，象征着思妇在日复一日的等待中双鬓染霜，红颜将萎，也暗指她的心在光阴中被消磨，不复当初。

"塞雁高飞人未还"，读到此处才明白，她所等的是塞外戍边的丈夫。眼见那塞北的大雁高飞入云，逢秋南归，征人却无半点儿音信。词人以"一帘风月闲"为全文作结——帘外风月无人共赏，更显孤寂。

秋夜将晓出篱门迎凉有感二首（其二）

[宋] 陆游

三万里①河②东入海，五千仞③岳④上摩天⑤。
遗民⑥泪尽胡尘⑦里，南望王师⑧又一年。

✿注释

①三万里：虚指，形容长度极长。②河：指黄河。③五千仞（rèn）：虚指，形容高度极高。仞，古代长度单位，周制八尺，汉制七尺。④岳：指华山。⑤摩天：指迫近高天。摩，触摸。⑥遗

民：生活在金统治地区的原宋朝百姓。⑦胡尘：指金统治地区的风沙，这里借指金政权。⑧王师：南宋朝廷的军队。

❀ 译 文

　　长长的黄河奔腾向东汇入大海，高耸的华山直入云霄，迫近高天。生活在金统治区的南宋百姓的泪水已经流干，他们远望南方，在希望南宋军队北伐的等待中又过了一年，却仍然没有盼到。

❀ 赏 析

　　这是一首感怀诗，诗的前两句，大气磅礴，一纵一横、一山一水，写尽了祖国山川的壮丽瑰美。然而，这山水虽好，却已落入金人之手。如此乐景哀情，更见诗人胸中的悲凉愤慨。

　　三、四两句，由景及人。"泪尽"二字，百转千回，道尽了沦陷区人民生活的辛酸，但他们仍不忘故国，一年又一年地盼着"王师"到来。"又"字隐晦地表明了这期盼不过是徒然，王师不会到来。简单的一个字，却写尽了诗人对以"遗民"为代表的爱国之士的怜惜和对偏安一隅的南宋统治者的失望不满。语短情重，最是回味。

下面陆游的诗词中，哪一句不是表现爱国之情的？

□ A. 僵卧孤村不自哀，尚思为国戍轮台。

□ B. 王师北定中原日，家祭无忘告乃翁。

□ C. 莫笑农家腊酒浑，丰年留客足鸡豚。

□ D. 笛里谁知壮士心，沙头空照征人骨。

诗词拾趣

水龙吟·登建康^①赏心亭

[宋] 辛弃疾

楚天千里清秋，水随天去秋无际。遥岑^②远目，献愁供恨，玉簪螺髻^③。落日楼头，断鸿声里，江南游子。把吴钩^④看了，栏干拍遍，无人会、登临意。

休说鲈鱼堪脍，尽西风、季鹰^⑤归未？求田问舍，怕应羞见，刘郎^⑥才气。可惜流年，忧愁风雨，树犹如此^⑦！倩何人唤取，红巾翠袖^⑧，揾^⑨英雄泪！

❀注释

①建康：今江苏南京。②遥岑（cén）：远山。③玉簪（zān）螺髻（jì）：比喻山的形状像女人头上的簪子与发髻。④吴钩：战国时期，吴越之地善于制造刀剑，此即指吴地所造的宝刀。⑤季鹰：西晋人张翰，字季鹰，吴地人，在洛阳为官。一天张翰看到秋风吹起，便想起家乡的莼菜羹与鲈鱼脍来。他说人生应当以适意为贵，为什么要跑到千里之外来追求功名而让自己不高兴呢？于是张翰便辞官回家。后世因此也把思乡与辞官归隐称为"莼鲈之思"。⑥刘郎：指刘备。据《三国志》载，许汜曾对刘备说起陈元龙"豪气不除"，刘备问为何，许汜说，"我曾遭难，到陈元龙家里，而元龙毫无待客之礼，一直不与我说话，后来他自己上大床上去睡，让我睡下面的小床"。刘备回答说，"你本是国中素有声望的人，但在这国难当头的时候，你却一心为自己购买田地与房产，元龙还只是让你睡在下床，要是我想睡在百尺高楼上，

让你睡地上呢"。⑦树犹如此：晋朝的大将桓温北征，经过金城，见到他当年栽下的柳树都已长成大树了，便叹息说："木犹如此，人何以堪。"⑧红巾翠袖：代指女子。⑨揾（wèn）：擦拭。

译文

南方的秋日，碧空千里，一派清冷。江水流向天际，秋色无边无际。遥望远山，愁绪顿生，高低错落的山岭就像女人头上的玉簪和螺髻。夕阳西下，余晖洒落楼头；在孤雁的哀鸣声中，羁旅江南的游子悲愤难抑。看过了宝刀，拍遍了栏杆，却没有人懂得我登临的心意。

不要说鲈鱼可以切细了烹饪美食，秋风吹尽时，张翰回来了没有？只为自己购房置地的许汜应该羞于见到才气胸怀兼备的刘备。可惜岁月如流水，风雨飘摇的局势让人担忧，桓温当年种下的树已长大！请谁去把披红着绿的歌女唤来，为英雄擦去失意的泪水。

赏析

这是辛弃疾非常有名的一首词，也是最能代表辛弃疾词风的一首词。此词是在词人南迁之后八九年的时候所作，这段时间他在军事上一直无用武之地，其心中的郁闷之情可以想见。

词人在上阕通过写景来寄托自己的情怀，下阕则连用了三个典故，表示出对苟安者的鄙视与对时光流逝、功业未立的忧虑。全词有深沉的痛楚，却也不乏激昂之意气。即使作者暗洒泪滴，那也是浸润着英雄豪气的英雄之泪。这就是辛弃疾与他人不同的地方。

己亥杂诗（其二百二十）

[清] 龚自珍

九州①生气②恃③风雷，万马齐喑④究可哀。
我劝天公重抖擞⑤，不拘一格降⑥人材。

注释

①九州：中国的别称。②生气：朝气蓬勃的局面。③恃（shì）：依靠。④万马齐喑（yīn）：比喻人们沉默不语，不敢发表意见。喑，沉默、无声、不言语。⑤抖擞：奋发、振作。⑥降：降下，降生。

译文

中国要重新焕发生机需要依靠风雷激荡的伟力，朝野噤声、死气沉沉的社会政治局面终究令人哀叹。我奉劝天公重新振作精神，不要拘泥于某种标准，降下更多的人才。

赏析

这是一首七言绝句，全诗格律严整，设想奇特，意境豪迈，字里行间都透露着磅礴大气。

诗前两句，用比喻的手法对时局做了精准的概括。其中，"风雷"比喻尖锐激烈的改革和新兴的革命力量；"马"比喻人才、仁人志士；"万马齐喑"比喻人才被扼杀，思想被禁锢，一片死气沉沉的社会政治现实。在此，诗人毫不避讳地点明，要改变死气沉沉的社会局面，必须进行改革。

三、四两句，诗人笔锋递进，对改革做了更细致深入的阐述，抒发了自己的见解。如何改革？改革的核心是什么？是人才！人强则国强。于是，他神思驰飞，用想象的笔法，道出了自己最热烈的希望，希望天公能重振精神，希望社会中人才不断涌现。全诗想象丰富，憧憬美好，读来颇让人振奋。

诗词拾趣

请根据下面提供的字，写出两句诗。

泥	情	浩	无	花	红
愁	白	落	人	春	三
是	护	日	化	青	物
鞭	作	天	或	不	更

句1

句2

啼

画中诗，诗里画

诗中有画，画里藏诗。考眼力的时候到了，你能根据提示的关键字，写出藏在图画里面的三联古诗词吗？

落

卧

咏怀古迹五首（其一）

[唐] 杜甫

支离①东北风尘际②，漂泊西南天地间③。
三峡楼台淹日月，五溪④衣服共云山⑤。
羯胡⑥事主终无赖，词客⑦哀时且未还⑧。
庾信⑨平生最萧瑟，暮年诗赋动江关。

注释

①支离：流离。②东北风尘际：诗人在"安史之乱"中由东北避地西南。③西南天地间：指诗人入蜀后居无定所，漂泊于西南成都、夔州一带。④五溪：在今湘黔交界处，西南少数民族聚居地。⑤共云山：言诗人与当地其他民族百姓共处。⑥羯（jié）胡：古代北方少数民族，此处指安禄山。⑦词客：诗人自指。⑧且未还：漂泊异地，尚未还乡。⑨庾信：南北朝诗人。梁元帝派庾信出使北周，正逢江陵被陷，梁朝灭亡，庾信被迫长期留在北朝，但他常怀乡关之思，不忘江南，有《哀江南赋》《拟咏怀》传世。

译文

东北地区兵荒马乱，我流离失所；为躲避战乱，在西南漂泊。久留于三峡重重的楼台，与五溪附近的少数民族同居共处。安禄山这胡人对主人终究不可靠，哀时伤世的诗人至今都未能还乡。庾信一生处境凄凉，年迈时所作思念江南的诗赋却轰动了江关。

赏析

诗人在这首诗中伤乱哀时，兼咏庾信。"支离""漂泊"写诗人在东北、西南的遭乱流离，从"淹日月""且未还"写出诗人思乡之情。结合"羯胡事主"一联来感慨时事，归结到"诗赋动江关"。最后，诗人以庾信自比。庾信是南北朝时期著名的文学家，饱尝过分裂时代特有的人生辛酸；他屈节敌国，成为北方显贵，却不能回到故土。诗人则漂泊西南，同样不能返回家园，同样有故国之思，同病相怜，不能不感慨万千。全诗笔调悲凉深沉，凄婉动人，堪称隽永佳作。

诗词拾趣

在下面空白处填上合适的字词，补全诗句。

1. 两个 □□ 鸣翠柳，一行 □□ 上青天。

2. 出师未捷身先 □，长使 □□ 泪满襟。

3. 国破 □□ 在，城春 □□ 深。

4. 窗含西岭 □□ 雪，门泊东吴万里 □。

寻陆鸿渐①不遇

[唐] 皎然

移家虽带郭②，野径入桑麻。

近种篱边菊，秋来未著花③。

扣门无犬吠，欲去问西家④。

报道⑤山中去，归时每日斜⑥。

◎ 注释

①陆鸿渐：即陆羽，诗人的好友，擅品茶，著有《茶经》，后世尊称其为"茶圣"。②郭：外城，泛指城墙。③著花：这里指开花。著，开、绽放。④西家：泛指邻居、邻人。⑤报道：回答说。报，回答；道，言语、说。⑥日斜：夕阳斜照，指傍晚、黄昏。

◎ 译文

他搬家的新址虽然还在城郭一带，但已有村野小路通向遍植桑麻的地方。近处的篱笆旁种满了菊花，秋天来了，还没开花。敲门后没听到犬吠的声音，想要去邻居家打听一下。邻居说他到山里去了，经常在红日西斜时候才归家。

◎ 赏析

诗的前四句写景，陆羽的新家虽然距离城郭并不远，但沿着乡间小路一路前行，甚至可以直入丛丛密密的桑麻间。他的家怡然幽静，虽已入秋，但篱笆旁他新种的菊花仍未绽放。前四句用平实的语言，将友人（陆鸿渐）隐居之地的环境刻画得入木三分，而如此清幽高洁的环境，恰恰也从侧面烘托了此地主人的高洁不俗。轻轻叩响门扉，久久无人应答，甚至连犬吠之声都没听到。惆怅之余，借问邻人，邻人说陆鸿渐到山里去了，每每归来，均已日暮。其中，"每日斜"三字最是传神，读到此处，西邻那迷惑的语调和古怪的神情仿佛便展现在眼前。于是，一位不以尘俗为念、襟怀坦荡、疏放不羁的隐士形象便已跃然纸上。

爱茶与三癸亭

　　皎然是唐代著名的诗僧，他不仅喜欢诗，也喜欢茶。他不仅懂茶、爱茶，还写过许多咏茶的诗歌。

　　因为爱茶，皎然结识了许多茶友，其中最著名的就是"茶圣"陆羽。陆羽和皎然是忘年之交。两人相识于浙江吴兴的妙喜寺，相识不久就成了好朋友。后来，陆羽出钱，在妙喜寺旁边建了一座茶亭，因为茶亭落成的时间正好是癸丑年癸卯月癸亥日，所以取名叫"三癸亭"。

　　三癸亭只是一座普通的茶亭，但它寄予着皎然与陆羽的友谊，寄予着一位古人对茶的深爱，所以广为流传。时至今日，三癸亭仍是湖州最受欢迎的名胜之一。

渔歌子^①·西塞山^②前白鹭飞

[唐] 张志和

西塞山前白鹭飞，桃花流水鳜鱼肥。青箬笠^③，绿蓑衣，斜风细雨不须归。

注释

①渔歌子：原本是曲调名，后成为词牌名。②西塞山：位于今浙江吴兴西南。③箬笠：用竹篾、箬叶编成的斗笠。

译文

西塞山前，白鹭翩翩飞舞；桃花盛开，江水流淌，水中的鳜（guì）鱼十分肥美。头戴青色的斗笠，身穿绿色的蓑衣，在斜风细雨中垂钓，无须回家。

◎ 赏 析

"西塞山前"言明地点；"白鹭飞"既是在摹山前江上之远景，亦是以白鹭之飞来衬江上渔者之悠然闲适；"桃花流水"绘景的同时，亦暗点时令。江南春日，春江水涨，一条条肥美的鳜鱼不时跃出江面，其情其景，安闲之余，又别见几分活泼与浪漫。第三、四句，词人笔锋转换，摹起了渔者捕鱼的恬静画面。"青箬笠，绿蓑衣，斜风细雨不须归"，雨中青山映白鹭，江流两岸歌红桃，迷蒙的烟雨中，披蓑衣、戴斗笠的渔者安然而坐、自得其乐。"不须归"说的不仅是无须归家，更隐有乐而忘归之意。为何忘归？除了陶醉于山光水色，更陶醉于那悠然闲适的生活情趣。在此，词人明是在摹渔者，实际上是以渔者自况，寓情于景，借景抒情，表达了爱自然亦爱自由的淡泊情怀。

杨柳枝词九首（其八）

［唐］刘禹锡

城外春风吹酒旗，行人挥袂①日西时。

长安陌上无穷树，唯有垂杨绾②别离。

◎ 注 释

①挥袂（mèi）：挥手告别。袂，衣袖。②绾（wǎn）：盘绕打结，此处引申为系念、挂念。一作"管"。

译文

城外春风吹拂着酒旗，傍晚时分，即将远行的人挥袖辞别友人。长安城外的道路上树木连绵、无穷无尽，只有垂柳寄托着离愁别绪。

赏析

全诗字句简单易懂，前两句写春风吹动酒旗，夕阳时分行人挥袖告别，寻常景物寻常事，却更容易让普通读者有画面感和代入感。后两句点出主角——垂杨，长安道路边树木数不胜数，唯独垂杨才能寄托别离之情。前句为后句做铺垫，句意通俗流畅。一个"绾"字用得妙，将别离之情与垂杨之姿生动结合，饶有韵味。写垂杨之于离别，用笔轻快，"唯有"二字，又可见深情。整首诗读来语韵通畅，朗朗上口。宋人谢枋得在《注解选唐诗》中对诗的最后两句有更深的解读：长安陌上树木多，管别离者唯有垂杨——意喻王公贵族门客弟子虽多，一旦失势，不相负者少之又少。这里只存此论，一生仕途不顺的诗人是否有此深意，留待读者自行品读。

云

［唐］杜牧

东西那有碍，出处^①岂虚心。

晓入洞庭阔，暮归巫峡深。

渡江随鸟影，拥树隔猿吟。

莫隐高唐^②去，枯苗待作霖^③。

◎ 注释

①出处：行进和静止。②高唐：古楚国高唐地区，在巫山附近。典故取自宋玉《高唐赋》："昔者，楚襄王与宋玉游于云梦之台，望高唐之观，其上独有云气，崒兮直上，忽兮改容，须臾之间，变化无穷。"③作霖：降下甘霖。

◎ 译文

向东向西，哪有什么妨碍；要行要止又岂会谦逊。清晨飘入辽阔的洞庭湖，傍晚回归巫峡深处。追随飞鸟的身影横渡江流，缭绕林树，使人不见猿影，只听得猿啼声。不要到云梦泽中的高唐隐居，枯萎的禾苗还在等你降下甘霖。

◎ 赏析

首联开篇即入题，写云行止有形、飘浮无定的自由形态，严谨工整。颔联写云的动态，清晨东移进入广阔的洞庭湖，黄昏西归进入深深的巫峡之中。诗人想象云朵"晓入""暮归"，将山川之间的云雾行

与收的变化生动地描绘出来。颈联还是写云，却变一角度，通过云与
周围景物的互动来写。先写云与飞鸟，俱是在空中，诗人却不直写，
而是描写二者在江中相伴随的倒影；又写山中云与树，本是缥缈幽寂之
貌，诗人却横放入一声猿啼，猿在树上，却因云雾缭绕，只闻其声不
见踪迹。尾联用典，字面意思是希求云雾不要隐没到高唐山里，而应
为天下普降甘霖，但实际是借《高唐赋》中的典故引出巫山神女的意
象。一来加强了云和诗作本身的神秘意境和美感，二来拓展了诗人的
诗意所指。

相见欢①·无言独上西楼

[南唐] 李煜

无言独上西楼，月如钩。寂寞梧桐深院锁②清秋。
剪不断，理还乱，是离愁③。别是一般④滋味在心头。

①相见欢：词牌名，本唐教坊曲名，又名《乌夜啼》《秋夜月》《上西楼》。双调三十六字。上阕平韵，下阕两仄韵两平韵。②锁：笼罩的意思。③离愁：此处指离开国家的愁苦。④一般：一作"一番"。

译文

默然无声，独自一人登上西楼，残月如钩。梧桐寂寞地伫立在庭院里，幽深的院落被清冷凄怆的秋色笼罩。

想剪剪不断，越梳理越是凌乱，那是亡国的愁绪啊，另有一种滋味萦绕心头。

赏析

全词开篇"无言独上西楼，月如钩。寂寞梧桐深院锁清秋"，寥寥数字便已将一个形单影只的孤独之人描画出来。他踏着寂寥的脚步，于暗夜之中默默走到无人的高楼之上，唯有仰头望月，才能对照自己内心的愁苦孤单之意味。这是无人能够体会的寂寞，就如同深院之中独自立于深秋的梧桐树一般。这份凄苦何等寥落，何等无助，剪也不断，理还更乱。也只有这位昔日享受荣华如今却痛失家国的词人才能感受如是深愁，只可惜它如此难以言说，让人无法排遣，更不能与人共品。普天之下，还有什么比无法与他人言喻更为寂寞的事呢？李煜最擅长作香艳精致之词，所以哪怕是一篇思家怀国之作，也被他加入了这沉郁哀婉的愁怨之情，读来让人深感悲痛沉郁。

采桑子·群芳过后①西湖②好

[宋] 欧阳修

群芳过后西湖好，狼籍③残红④，飞絮濛濛，垂柳阑干⑤尽日风。

笙歌散⑥尽游人去，始觉春空⑦，垂下帘栊⑧，双燕归来细雨中。

❀ 注释

①过后：凋零。②西湖：指颍州西湖。欧阳修暮年曾退居于颍州。③狼籍：散乱的样子。一作"狼藉"。④残红：落花。⑤阑干：形容柳枝纵横交错的模样。⑥散：分散，由聚集而分离。⑦春空：指春逝之后的空虚寂寥。春，春天、春日；空，空虚。⑧帘栊(lóng)：代指窗户。帘，帘子、帘幕；栊，窗棂。

❀ 译文

百花凋零后，西湖风景依旧佳好。残花散乱错杂，飞舞的柳絮仿佛蒙蒙细雨，垂柳纵横交错，终日随风摇曳。

等到笙箫歌声消散、游人远去，才刚觉得春日空寂。回到屋里，只见细雨中一双燕子结伴归来，这才将窗棂放下。

❀ 赏析

上阕首句"群芳过后西湖好"总领全篇，开门见山。"群芳过后"，意指百花凋零的时节，也就是暮春。暮春时节，春将逝，但颍州西湖的风光却仍十分美好。如何好呢？落花盈盈，点点残红在杂沓的枝叶间尽显风情，柳絮随风，柳枝垂落，摇曳生姿，尽显一片迷蒙意境。落花之静与飞絮之动相结合，更显出一种怡然的情趣。下阕，词人词锋由实及虚，通过对"笙歌散尽游人去"这一虚景的描写，更强烈地映衬出了此刻西湖的宁谧，而这种宁谧，恰是词人所乐见的。虽然残春之宁谧，总让人感觉有些空寂惆怅，但这种惆怅却并不令人伤怀。细雨微微间，缓步回屋，帘栊未下之前，目见双燕穿过细雨斜掠而过，燕的灵动与暮春的寂静相映，别有一番疏淡与安闲的逸趣。

诗词拾趣

从下面的词组中各选一个字，组成两句诗。

- 月明星稀　上下其手　花红柳绿　喜上眉梢　头角峥嵘
- 物是人非　风姿绰约　青黄不接　利令智昏　后来居上

句1

句2

45

采桑子①·轻舟②短棹③西湖④好

［宋］欧阳修

轻舟短棹西湖好，绿水逶迤⑤。芳草长堤，隐隐笙歌处处随。

无风水面琉璃滑，不觉船移。微动涟漪，惊起沙禽⑥掠岸飞。

注释

①采桑子：词牌名。正体双调四十四字。②轻舟：轻快的小船。③短棹（zhào）：划船用的小桨。④西湖：指位于今安徽太和境内的颍州西湖。⑤逶迤（wēi yí）：蜿蜒曲折。⑥沙禽：沙洲上的水鸟。

译文

驾着轻快的小舟划着短桨游览西湖，西湖的风光无限美好。碧绿的水波蜿蜒连绵，长堤上芳草青青，笙歌声隐隐约约随处可闻，仿佛跟随着船儿在前行。

湖面风平浪静，光滑得仿佛琉璃一般，都感觉不到船儿在前行。忽然湖面微微漾起涟漪，惊起沙洲上的水鸟，掠过湖岸飞翔。

赏析

这是一首描写西湖春景的小词。全词格调淡雅，笔墨清丽，移舟换景，心随景动，充满了诗情画意。

上阕，以"西湖好"概总，挈领全篇。之后，从视觉和听觉两个角度对西湖烂漫明媚的春景做了生动的描绘。"绿水""芳草""长堤""笙歌"都是极常见又极典型的物象，四者连缀，更觉可喜。

下阕，词人笔锋收束，从动、静的角度着笔，对西湖的"绿水"做了重点描摹。湖面光滑如镜，小舟随水轻移，涟漪微动，便有水鸟惊飞。整幅画面，动中显静，静中有动，以动衬静，颇为和谐。尤其是"不觉"二字，更将湖面的"平滑"与词人悠悠闲适的心情状写得淋漓尽致。

浣溪沙·游蕲水清泉寺

[宋] 苏轼

山下兰芽①短浸溪，松间沙路净无泥。萧萧②暮雨子规③啼。

谁道人生无再少？门前流水尚能西！休将白发唱黄鸡④。

注释

①兰芽：指小溪边的兰草已经发芽了。②萧萧：形容雨声。③子规：指杜鹃。④唱黄鸡：黄鸡可以报晓，唐代白居易即有"黄鸡催晓"句，此以感叹时光流逝。

◎ 译 文

　　山脚下兰草新生的嫩芽浸在溪水中，松林间的沙石小路被雨水冲洗得十分干净。日暮时分，细雨萧萧落下，杜鹃声声啼鸣。

　　谁说人就不能回到少年时代？门前的溪水尚能由东向西流淌，年迈时不要因老去而悲叹。

◎ 赏 析

　　《浣溪沙·游蕲水清泉寺》是苏东坡的代表词作之一，全词意境清幽，物象淡雅，情理并茂，堪为传世经典。词上阕绘景，笔调细致，遣词淡雅，色彩宁静，满怀自然情趣。下阕，词人不再言景，而是即景作喻，直接议论抒情。"谁道人生无再少？门前流水尚能西"，以反诘设问，以借喻作答，立意新颖，别具匠心。兰溪之水尚能潺潺西流，人为什么不能重返少年呢？思及此，词人胸中豪情顿起，遂于词末慷慨而发"休将白发唱黄鸡"之语。不要因为头发白了，就自怨自艾，发光阴易逝、岁月催年的衰飒之叹。只要心不老，迟暮之年亦能自强不息、重焕青春！当然，这里的"青春""少时"，指的并不是生理上的年轻，而是精神上、心理上的一种积极和达观。

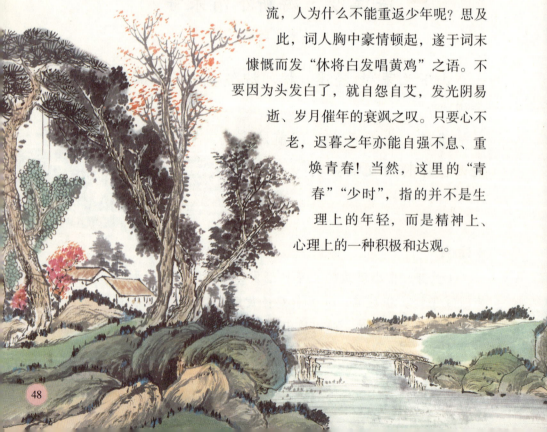

诗词拾趣

请根据下面提供的字，写出两句诗。

句1	
句2	

水龙吟·次韵章质夫①杨花词

[宋] 苏轼

似花还似非花，也无人惜从教坠②。抛家傍路，思量却是，无情有思③。萦损柔肠，困酣娇眼④，欲开还闭。梦随风万里，寻郎去处，又还被、莺呼起。

不恨此花飞尽，恨西园、落红难缀⑤。晓来雨过，遗踪何在，一池萍碎⑥。春色三分，二分尘土，一分流水。细看来，不是杨花，点点是离人泪。

❀ 注 释

①章质夫：名楶（jié），时与词人同在汴京为官。章质夫作杨花词，一时传诵。②从教坠：任凭它坠落飘零。③无情有思：虽无情意却自有它的愁思。④娇眼：柳叶初生叫柳眼，这里运用了拟人手法。⑤难缀：难以联结。⑥萍碎：传说杨花落水，化为浮萍。

❀ 译 文

好像是花又好像不是花，也没人怜惜它，任它凋残坠落。杨花抛舍家园，依傍路旁，细细思量它好似无情却有它的愁思。柳枝因牵念柔肠百转，柳叶因困倦眼光迷离，想要睁开又重新闭上。像思妇梦中随风飞越万里，把郎君寻觅，却又被黄莺的啼鸣唤醒。

不怨恨这花飘飞落尽，只怨恨西园中，满地的落红再难重缀。拂晓时一场春雨过后，遗落的杨花在什么地方？早化作一池细碎的浮萍了！春色有三分，二分零落成尘，一分随流水逝去。细细打量，那分明不是杨花，而是离人点点滴滴的眼泪。

❀ 赏 析

这是一首咏物的名作，词人借飘荡无定的柳絮来形容被蹂躏、被抛弃的女子的身世之痛，将一种情已断而余恨难了的情态惟妙惟肖地表现了出来。词人大胆驰骋想象，将抽象"有思"的杨花，化作了具体的有生命的人——一位春日思妇的形象。前文明写杨花而暗指思妇，后面则明写思妇而暗赋杨花，花与人在精神的最高境界里被统一了起来。

下阕承上阕"惜"字意脉，借追踪杨花，抒发了一片惜春的深情。"春色三分，二分尘土，一分流水"是全篇的点睛之笔。又由纷落的杨花，带出思妇的点点泪珠。是惜花还是惜人？是叹物还是自叹？至此，杨花的最终归宿和词人的满腔惜春之情水乳交融，将咏物抒情的主旨推向高潮。

相见欢① · 金陵城上西楼

［宋］朱敦儒

金陵城上西楼，倚清秋②。万里夕阳垂地大江流。
中原乱，簪缨③散，几时收？试倩④悲风吹泪过扬州。

注释

①相见欢：词牌名，又名《乌夜啼》《上西楼》《秋江月》，正体双调三十六字。②清秋：明净爽朗的秋天。③簪缨：古代达官贵人的帽饰。此处泛指高官显宦、衣冠士族。④倩（qìng）：请人代自己做。

译文

登临金陵西门的城楼，倚楼观赏明净爽朗的秋色。夕阳西下，万里余晖垂落大地，大江浩荡奔流。

51

中原动乱，达官显宦纷纷逃离，国土什么时候能够收复？试着请托悲风，将我的泪水吹送到已成为战争前线的扬州。

赏析

这是一首登高感怀的小词。词上阕，开门见山，开头两句就点明时间、地点、事件，用朴素的笔墨，描绘了登临之所见。清秋时节，日暮时分，夕阳万里，大江东流，乍一看，仿佛是极磅礴、极伟丽的景色；细一读，却又感觉无限萧瑟哀凉。尤其是"垂地"一词，更将日暮西山、余晖黯淡的苍凉摹写得入木三分。

秋景、夕阳，无论何时，总难免让人心伤。词人也一样。于是，下阕，他融情于景，转笔抒怀。"乱""散"二字，写尽了亡国之人仓皇南逃的狼狈，"几时收"的探问更显悲凉。末尾一句中"悲风吹泪"的情景更让人断肠。秋风无情，不懂悲喜。说是"悲风"，不是风在悲，而是人在悲。悲人、悲景、悲事，也悲国。一"悲"概总，见情见性，余味无穷。

梁甫①行

[三国] 曹植

八方各异气②，千里殊③风雨。

剧④哉边海民，寄身于草野。

妻子象⑤禽兽，行止⑥依林阻。

柴门何萧条，狐兔翔⑦我宇。

注释

①梁甫：泰山下的一座小山。②异气：气候各异。气，气候。
③殊：不同。④剧：艰难。⑤象：通"像"，好像，仿佛。⑥行止：
行动的踪迹。⑦翔：悠闲自在地行走。

译文

八方气候各异，千里之内风雨形态不同。海边的贫民生活多么艰
难啊，简陋的房屋是他们栖身之地。妻子和儿女像禽兽一样生活，盘
桓在险阻的山林中。柴门内外多么冷清，狐狸和兔子自由自在地来去。

赏析

汉魏时期，歌咏民俗风情的诗很多，直言下层民众疾苦的诗极少，曹植这首诗可谓独树一帜。

此诗语言朴拙，平实恳切，字里行间充满了感伤与悲叹。开头三句，且叙且述，概言"边海民"的生活艰辛。中间三句从不同的角度对"边海民"生活的困苦艰难做了生动的描绘。他们寄身草野，像禽兽一样活着，不敢回家，怕被抓走，只能在山林间徘徊。"行止依林阻"，一个"依"字，写尽了"边海民"内心的苦楚和生活的艰难。"边海民"逃离家园，在山林中苟且偷生，而他们原先的家园却是另一番景象。末尾两句，诗人转笔另辟蹊径，以景结情，通过描写村户中人烟萧条、狐兔嬉闹的荒颓景象，含蓄地表达了自己对"边海民"的同情，和对不顾民生疾苦的上层统治者的强烈不满。

曲池荷

[唐] 卢照邻

浮香^①绕曲岸，圆影^②覆华池。
常恐秋风早，飘零^③君不知。

注释

①浮香：指荷花的香气。②圆影：池中的荷影，指荷叶。③飘零：飘落、零落。

译文

曲折的池岸边弥漫着荷花清幽的香气，圆圆的荷叶覆盖在池塘上。经常担心秋风来得太早，你还来不及欣赏的荷花就已经凋零残败。

赏析

古人描绘荷花之美，往往铺墨于形态，而诗人不落窠臼，起笔即"不见其形，已闻其香"，展现了满池荷花幽香绕岸、芬芳不散的怡人景象。第二句即写荷叶之影，圆实的荷叶轻轻覆盖在池塘上。前两句所绘之景优美静好，令人神往。"常恐秋风早，飘零君不知"，笔锋陡转，由花繁叶茂之景转向飘零流落之忧，反差鲜明，愈显其哀。荷花恐秋风早至，飘零落水，不为人欣赏，诗人何尝不是如此？此时的诗人已饱受重疾折磨多年，仕途又颇为不顺，对生命、对功业都充满了悲观情绪。志存高远却怀才不遇，命途多舛而不知身归何处，荷花之境遇正是诗人之自况。

这首《曲池荷》短小明快而层次丰富，言情婉转却真切自然，足见诗人咏物之造诣。

下面诗句中，哪一句不是描写荷花的？

- □ A.接天莲叶无穷碧，映日荷花别样红。
- □ B.小荷才露尖尖角，早有蜻蜓立上头。
- □ C.梅须逊雪三分白，雪却输梅一段香。
- □ D.荷叶罗裙一色裁，芙蓉向脸两边开。

诗词拾趣

风

送杜少府①之任蜀州②

[唐] 王勃

城阙③辅④三秦⑤，风烟望五津⑥。
与君离别意，同是宦游人⑦。
海内⑧存知己，天涯若比邻⑨。
无为⑩在歧路⑪，儿女共沾巾。

注释

①少府：唐时县尉。②蜀州：今四川崇州。③城阙：指长安的城郭宫阙。④辅：护持。⑤三秦：泛指当时长安附近的关中地区。这一地区原本是秦国旧地，秦朝灭亡后，项羽分其为雍、塞、翟三国，故称"三秦"。⑥五津：岷江上的五个渡口。津，指渡口。⑦宦游人：奔波于仕途之上的人。⑧海内：四海之内，这里泛指天下。⑨比邻：相近的邻居。⑩无为：不须。⑪歧路：岔路，指分手处。

译文

关中之地护卫着长安，在满目风烟中遥望蜀川。和你分别，满怀不舍之情，我们都是宦海浮游的人。四海之内有知己，远隔天涯也仿佛是比邻而居。在岔路口分手时，没必要像世俗男女一样挥泪告别，泪洒衣襟。

❀ **赏析**

　　王勃的这首送别诗，与一般送别诗迥然不同，它有一种奋发向上的精神。先写送行的地点和友人要去的地方，暗示了朋友间恋恋不舍的深情厚谊。接着对友人进行劝慰：彼此处境相同，感情一致。之后进一步宽慰友人，使对方不因和挚友分别而感到孤凄。虽然天各一方，但只要朋友知心，保持着真挚的友情，就好像近在咫尺。这就使人心胸开阔，一扫忧愁悲苦的离情别绪。最后劝慰友人不要做儿女之态，语壮而情深，表现了诗人开阔的胸襟。全诗情调高昂，气象开阔，给初唐的诗坛带来了一种清新气息，这种精神发展下去便直接刺激了"盛唐气象"的产生。

紫薇花

[唐] 白居易

紫薇花对紫微翁①，名目虽同貌不同。
独占芳菲当夏景，不将颜色托春风。
浔阳②官舍③双高树，兴善僧庭④一大丛。
何似苏州安置处，花堂栏下月明中。

❀ **注释**

　　①紫微翁：唐开元时改中书省为紫微省，中书舍人为紫微舍人。此为诗人自称。②浔阳：郡名，江州郡，本九江郡，天宝元

年更名。在今江西九江。诗人曾在唐元和十年（815）被贬为江州司马。③官舍（shè）：官员办公的衙门，亦指住所。④兴善僧庭：指兴善寺里的院子。兴善，指长安靖安坊兴善寺。

❀ 译文

紫薇花与紫微翁相对，名字虽然相同，形态风貌却不同。夏日里，紫薇花独占芳菲，不愿把色彩交托给春风。浔阳的官舍中有两株高大的紫薇树，长安兴善寺庙的庭院里，也有一大丛盛放的紫薇花。这些哪里比得上我苏州任所的紫薇，明月皎皎的时候，花堂栏下细细游赏。

❀ 赏析

这首七言律诗是为紫薇花写的赞歌。在古代天文学中有紫微星垣，"紫微宫"从汉代起，就多被文人用来比喻帝王所居的皇宫。至唐代，紫薇花也因音同形近及其独特的魅力被移植于皇宫中。白居易曾担任中书舍人，故而在诗中自称紫微翁。额联两句"独占芳菲当夏景，不将颜色托春风"是咏紫薇花的名句。紫薇开在夏秋少花季节，确实"独占芳菲"，且花期长达半年之久，被誉为"百日红"。其花朵在枝头开得如火如荼，艳丽繁复，惹眼至极。颈联两句承上，写紫薇受人喜爱，所以诗人在"浔阳官舍""兴善僧庭"皆可见其芳踪。而眼前的花树也勾起了诗人的回忆，忍不住想起从前苏州居所的紫薇花……"花堂栏下月明中"，既是对美景美花的回忆，又何尝不是对往事的回忆？

赤壁

[唐] 杜牧

折戟①沉沙铁未销，自将磨洗认前朝。
东风②不与周郎③便，铜雀④春深锁二乔⑤。

注释

①戟：古时候打仗用的兵器。②东风：借东风，火烧赤壁的典故。③周郎：三国时期的东吴大将周瑜。④铜雀：指曹操所筑的铜雀台。⑤二乔：三国时期东吴乔公的两个女儿，即大乔、小乔。

译文

埋在沉沙中的断戟还没有完全锈蚀，拿起来打磨冲洗之后，发现这是当年赤壁之战的遗物。倘若东风不给周瑜方便，结局恐怕是曹操取胜，大乔和小乔就会被锁在铜雀台之中了。

赏析

这是一首怀古诗。杜牧当年经过赤壁，有感于三国时期的英雄事迹而作此诗。不过，诗涉事件虽大，却被诗人采用了以小见大的手法进行烘托。之所以这样说，可通过最为后人称道的"东风不与周郎便，铜雀春深锁二乔"两句来进行理解。东吴若不借东风之便而大胜曹操，那东吴的两大美女的后期命运令人担忧。这种以美人衬托英雄成就的假设之法，便是于小事落笔，托举人物大形象的方法。

虽然说当时唐代诗人多用以假作真的虚托手法进行诗词创作，但诗人却以"柔"胜"强"。诗人不讲战事之激烈，不说英雄之谋略，只以英雄所系之柔情来说事，便足以把战事的残酷性告知世人了。这样的写法生动形象，又别有韵致，是极富情调的写法，也是让诗句更加别出心裁的表达。

诗词拾趣

请根据下面提供的字，写出两句诗。

停	家	二	霜	林	花
人	枫	山	红	风	坐
于	寒	斜	车	树	雪
爱	白	晚	云	月	叶

句1

句2

蜂

[唐] 罗隐

不论平地与山尖，无限风光^①尽被占^②。
采得百花^③成蜜后，为谁辛苦为谁甜^④？

注释

①风光：这里指好风景。②占：
占有。③百花：犹言花多。④甜：
蜂蜜的香甜。

译文

无论是平地还是山巅，无限的风光全都被蜜蜂占据。采遍百花酿
成蜂蜜后，到底是为谁辛苦奔忙，又想让谁品尝蜜的香甜？

赏析

诗人以"蜂"作为歌咏对象，先扬后抑，前两句写辛苦劳作的蜜
蜂穿梭于平地与山尖，春色都被它们占尽了，有花的地方就有蜜蜂的身
影。这里以蜜蜂比喻劳动人民，他们是怎样为了满足贪得无厌的统治者
而不断开荒拓土，期望能多种一些粮食，在奉养统治者之余能保证自己
的温饱。"无限风光尽被占"写尽了诗人对劳苦大众的赞美与欣赏之情。
末尾两句忽来一个转折——"采得百花成蜜后，为谁辛苦为谁甜"，这
些勤勤恳恳的蜜蜂采完百花酿成浓稠香甜的蜂蜜后，不禁令人想问：它
们是为谁辛苦采蜜，又是为谁酿出这些香醇的蜂蜜呢？一个问题引人

陷入沉思。看似是设问，其实是感叹：压榨百姓血汗的便是那些身居高位的统治者！诗人将矛头对准了那些尸位素餐、不劳而获的人。

江上渔者

[宋] 范仲淹

江上往来人，但①爱鲈鱼美。
君看一叶舟②，出没③风波④里。

✿ 注释

①但：只。②一叶舟：小船像树叶一样漂浮在水上。③出没：隐隐约约，指忽而能看见，忽而又消失。④风波：波涛。

✿ 译文

江上来来往往的游人，只喜欢鲈鱼鲜美的味道。你看那漂浮在水上树叶般的小渔船，在风浪中沉浮，一会儿看得见，一会儿又看不见。

✿ 赏析

诗开首平实，以浅白朴拙的语言描述了一个事实：平日往来于江面的人，全都喜欢鲈鱼的鲜美。寥寥数语，看似平铺直叙，却为引出下文的"渔者"做了铺垫。悠然江上，饮酒品鱼，观赏风景，自是人生最惬意之事，但鲈鱼味道虽美，渔民捕捉起来却极为不易。诗的后两句，诗人将视线从江岸拉到了江上，从品鱼人写到了捕鱼人。江面之上，风波涌动，一叶扁舟在汹涌的浪涛之中浮浮沉沉，极为惊险。寥寥两句，既写出了渔人捕鱼的艰辛，又表达了诗人对渔人生活疾苦的深刻同情，同时，也隐含着对岸上品鱼人的规劝之意。全诗虽无一字言疾苦，却将疾苦刻画得入木三分；虽无一字写同情，怜悯之意却流溢在字里行间。整首诗虽是用平常语言写平常事，但细微之处流溢的感情令人动容。

春日偶成①

[宋] 程颢

云淡②风轻近午天③，傍花随柳④过前川⑤。
时人⑥不识余心⑦乐，将谓⑧偷闲学少年。

注释

①偶成：偶然而成，指意外写成。②云淡：云层稀薄，形容天气很好。③近午天：临近正午。④傍花随柳：花柳中间穿行。傍，挨近、倚靠；随，顺着。⑤川：瀑布或河边。⑥时人：

一作"旁人"。⑦余心：我的心。余，一作"予"，我。⑧将谓：就以为。

❀ 译文

云层淡远，和风轻盈，天气晴朗，已临近正午，我在花柳间穿行，不知不觉间已过了前方的小河。人们不懂我内心的欢愉，就以为我在学少年人，忙里偷闲，悠闲赏春。

❀ 赏析

暖暖春日，诗人信步闲游，和风轻拂着杨柳，阳光烂漫了红花，漫游花木之间，踏步溪流边，万里无云万里天，自是一派春光烂漫。在这里，诗人不仅写了自己春日远足的所见、所闻、所感，还着意点出了自己流连忘返的心境。继前两句写景之后，诗人在后两句直接抒情，展开胸臆。在如此烂漫春光之中，怡情怡景原是自然而然之事，但在思想备受压抑的封建社会，如此"恣肆"的事情却唯有疏狂的少年才会做出。作为一位长者，程颢仍如此"恣肆"，为大自然的美好所吸引，这对"时人"来说根本就是不可理解的。诗人直述了这种不理解，一方面是在表达自己对自然真性的追求，对"理"之人生的另一种认知；另一方面，也是对"不识理"的"时人"的一种讽刺。怡情怡景，立意高卓，令人感喟。

巧破疑案

宋神宗熙宁年间，程颢被委任为监察御史，在任期内，他碰到了一桩很特别的案子。案子的当事人是小张员外和李大夫。小张员外当时四十岁，是城中首富张员外的独子。半个月前，张员外因为急病猝死，小张员外继承了家中所有的财产。李大夫当时六十岁，是个游方郎中。张员外去世的第三天，他找到小张员外，说小张员外是他的亲生儿子，要求小张员外赡养他。李大夫还拿出了一张字据，说是当年妻子趁他到外地行医时，偷偷把儿子送人了。

这张字据上写着：某年某月某日，李王氏托同乡将幼子抱走，送给张三翁。李王氏是李大夫的妻子，张三翁指的就是张员外。

程颢只看了一眼字据就笑了。他说："小张员外今年四十岁，张员外死时七十六岁，如果小张员外当年是被抱养的，那当时只有三十六岁的张员外怎么可能被称为张三翁呢？翁是对老年人的称呼。"李大夫闻言，目瞪口呆，不得不承认自己是骗子，想要讹诈张家的财产。

除夜雪

[宋] 陆游

北风吹雪四更^①初，嘉^②瑞^③天教^④及岁除^⑤。
半盏屠苏^⑥犹未举，灯前小草^⑦写桃符^⑧。

注释

①四更：指晨一时至三时。②嘉：美好。③瑞：祥瑞、吉祥，诗中指瑞雪。④天教：天赐。⑤岁除：指年终最后一天，即除夕。⑥屠苏：酒名。古时汉民有正月初一饮屠苏酒避邪避瘟疫的风俗。⑦小草：草书中字形小巧者。⑧桃符：古时悬挂于门首的桃木板或符纸，上面刻有门神的名字或者画有门神像，据说有避邪之用。

译文

四更时，凛冽的北风吹拂着雪花漫天飞舞。上天让这瑞雪正好在除夕夜到来。还没来得及将手中的半盏屠苏酒举起，就俯身在油灯前用草书字体赶写迎春的桃符。

赏析

"除夜雪"三字朴实无华，却开门见山地点明了诗的主旨——除夕之夜的瑞雪。凛冽的北风吹拂着片片雪花，已经四更天了。这纷纷扬扬的瑞雪仿佛上天的恩赐一般，纯净婀娜，令人心醉。诗人以"嘉瑞""天教"这样的字眼，直抒胸臆，述出了除夕之夜喜迎瑞雪的欢乐欣喜之情。而这种欢欣之情，在辞旧迎新之时，变成了一种由衷的迫切。"半盏屠苏犹未举，灯前小草写桃符"，手边的半盏屠苏酒还不曾举起，便已迫不及待地借着有些昏暗的灯光用草书书写桃符。简单的两句诗，却将诗人喜迎新年的愉悦烘托到了一个新的高度。全诗无一句对节日之喜的描写，但借着瑞雪，借着酒与桃符，却将这种即将到来的欢喜与热闹描写得淋漓尽致。诗人构思之巧妙，视角之独特，可见一斑。

西江月①·夜行黄沙②道中

[宋] 辛弃疾

明月别枝③惊鹊，清风半夜鸣蝉。稻花香里说丰年，听取蛙声一片。

七八个星天外，两三点雨山前。旧时茅店④社林⑤边，路转溪桥忽见⑥。

注释

①西江月：唐教坊曲名，后用作词牌名。调名取自李白《苏台览古》中的"只今惟有西江月，曾照吴王宫里人"。②黄沙：黄沙岭，在今江西上饶的西面。③别枝：横斜的树枝。④茅店：茅草盖的乡村客店。⑤社林：土地庙附近的树林。社，土地神庙。古时，村有"社树"，为祀神处，故曰社林。⑥见：同"现"，出现。

译文

明月照在横斜的树枝上，惊飞了枝头的喜鹊。更深夜半，清风徐徐吹来，隐隐听到了远方的蝉声。在稻花清淡的香气中，人们谈论着丰收的年景，耳边传来阵阵蛙鸣。

天际遥遥，稀疏的星星闪烁着微光，山前小雨淅淅沥沥。旧日住过的茅舍就在社庙的树林旁，在溪水流经的小桥边转道，忽然就看到了它。

赏析

题目中的"夜行"乃是题眼，整首词都围绕它展开。夜行黄沙道，移步换景，天晴转雨，空间与时间并行。起首一句，清凉辽阔之意扑面而来。明月在天，鹊惊而飞，空余树枝轻颤，是疏朗开阔、心旷神怡的，同时也奠定了全篇轻快的基调。天心月圆，别枝惊鹊，清风徐过，蝉声起伏，以声衬静，更显词人的悠闲自在。词人夜行黄沙道，路过漠漠水田，稻香扑鼻。将稻田与丰年相连，表示词人在匆匆行路途中不忘百姓社稷。

下阕承袭上阕淡泊的格调。疏星寥落，阵雨轻点，无不与上阕恬静清幽的乡土气息相呼应。抬首望天，遥远阔大；低头看路，茅店溪桥若隐若现，仿佛镜头切换，由远景到近景。"旧时"一词点出这条路对词人而言是一条熟路。"忽见"足见词人之惊喜。

舟夜书①所见

[清] 查慎行

月黑见渔灯，孤光②一点萤。
微微风簇③浪，散作满河星。

注释

①书：写，记录。②孤光：孤零零的光。③簇：丛聚，簇拥，拥起。

译文

漆黑的夜晚，不见月光，只有渔船上的一盏灯火闪烁；孤独的微光，细弱得仿佛萤火。微风吹过，水面泛起层层细浪，灯火随波浪散开，化作无数星星洒落河面。

赏析

"诗中有画，画中有诗"是一种技巧，也是一种境界。查慎行的这个作品与其说是一首诗，倒不如说是一幅"舟夜渔火"小影。

诗前两句，用简单的笔墨，描绘了一幅宁静安恬的画面。天黑不见月，只有一点儿渔火的微光孤独闪烁，一明一暗的对比，突显了"渔灯"的明亮与静谧。"萤"点出灯火的细微。

后两句，诗人笔锋一转，由静写动，通过微风，将整幅画面写活了。尤其是"风簇浪"中的"簇"字，既写出了风的微小，又绘出了"浪动"的情态，写得极妙。而第四句"散作满河星"更是画龙点睛、劈空而至，将原本静谧孤杳的画面瞬间带进了一种瑰丽广阔的境界中。

画中诗，诗里画

诗中有画，画里藏诗。考眼力的时候到了，你能根据提示的关键字，写出藏在图画里面的三联古诗词吗？

岸

篱

木

感遇诗三十八首（其二）

[唐]陈子昂

兰若①生春夏，芊蔚②何青青。

幽独空林色，朱蕤③冒紫茎。

迟迟④白日晚，袅袅⑤秋风生。

岁华尽摇落，芳意竟何成？

注释

①兰若：即兰草、杜若，皆香草。②芊蔚（qiān yù）：含有草木茂盛和香气盛多双重含义。蔚，通“郁”。③朱蕤（ruí）：红花。蕤，花朵下垂的样子。④迟迟：渐渐地，慢慢地。⑤袅袅：微风吹拂的样子。

译文

兰草与杜若生长在春夏时节，花叶繁茂，花香四溢。幽雅清丽空绝林中群芳，朱红色的花朵垂落，覆盖了紫色的茎干。白昼渐渐变短，秋风袅

袅生发。岁岁枯荣，花叶全都凋零了，美好的心愿如何才能完成呢?

赏 析

　　诗人通篇运用比兴手法咏叹兰草和杜若，同时暗喻自己，全诗在情感表现上颇为含蓄蕴藉。首句自汉末古诗"兰若生春阳"脱化而来，与接下来的三句着力描绘了兰若之美。"芊蔚"和"青青"本是同义词，此处通过一个"何"字叠用，更写出了兰若的茂盛与香气浓郁。而"幽独"二字则不仅赞美兰若秀丽的风采让林中群花失色，也隐见孤芳自赏的意味。诗的后四句转为感叹兰若在"风刀霜剑严相逼"下的凋零：入秋后，白日渐短，曾经秀美无比的香草只能于"袅袅"秋风之中，渐渐地，终究敌不过芳华零落的命运……若将诗歌结合陈子昂一生屡受排挤的际遇和年仅四十一岁便被害的悲剧读来，就更是令人唏嘘不已。

秋浦①歌十七首（其十五）

[唐] 李白

白发三千丈，缘②愁似个③长。
不知明镜里，何处得秋霜④。

注 释

　　①秋浦：在今安徽池州。②缘：因为。③个：这样、如此。
④秋霜：这里指白发。

译文

白发有三千丈长，因为愁绪才这般长。不知道明亮的镜子里，我的头发如何竟变得如秋霜一样。

赏析

《秋浦歌》共有十七首，此诗为第十五首。这组诗大约作于唐天宝十三载（754）诗人重游秋浦之时。当时正是安禄山祸乱朝纲之时，诗人虽早已离开朝堂游历四方，但所见所闻都让他心情沉重，对国家，也对自己，因此，诗中才有"白发三千丈，缘愁似个长"这样的经典诗句。李白的一生虽然狂放不羁，但同时也处处受到排挤。写这组诗的时候，他已经五十多岁了，半生蹉跎早已令他心灰意懒，再看到当今的朝廷奸佞当道，自然"缘愁似个长"了。而"不知明镜里，何处得秋霜"既点明了诗人在对镜观"白发"，又将不受重用的悲凉凄楚之感刻画出来，一个"不知"更是把悲愤之情跃然纸上。

诗词拾趣

在下面空白处填上合适的字或词语，组成诗句。

1. 床前 □□ 光，疑是地上 □□ 。

2. 天生我材 □□ 用，□□□ 散尽还复来。

3. □□□ 邀明月，对影成 □□ 。

4. 朝辞 □□ 彩云间，□□□ 江陵一日还。

杜陵绝句

[唐] 李白

南登杜陵^①上，北望五陵^②间。
秋水^③明落日，流光^④灭远山。

⊛ 注 释

①杜陵：指汉宣帝刘询的陵墓，在今陕西西安。②五陵：出
自《汉书》，即汉高祖陵墓——长陵、汉惠帝陵墓——安陵、汉
景帝陵墓——阳陵、汉武帝陵墓——茂陵、汉昭帝陵墓——平
陵。③秋水：此指渭河水。④流光：水流的波光。

⊛ 译 文

向南登临杜陵，向北遥望五陵所在的地方。秋水明澈，辉映着落
日，水流的波光消失在远处的山峦之间。

⊛ 赏 析

李白作诗最大的特点便是现实与理想之间总会形成鲜明对比，这
得益于他浪漫主义风格的延化。在这首诗中，虽然用语简练，但依旧
不失浪漫之风。登杜陵，观五陵，忆古惜今的愉悦是理想的人生状态，
可惜，这些美好却稍纵即逝，还没来得及好好享受，便顷刻化为"流
光"湮灭于远山之中了。"流光"一词明为水之波光，实则为写忽明忽
暗的政治局势，因为这明灭不定之势，有才华之人多受其影响，最终
受到波及。这显然和诗人的生活是相符的，从而给人以明为写景，实

为抒情的感受。所以，若单独品其诗的美感，是不容易让人深入理解的，但若结合诗人的遭遇品读，则瞬间会产生透彻之感。这就是"诗仙"的笔锋，转折之间有深意，简洁之内有文章。

白露

[唐] 杜甫

白露团甘子①，清晨散马蹄。
圃②开连石树，船渡入江溪。
凭几看鱼乐，回鞭急鸟栖。
渐知秋实美，幽径恐多蹊③。

注释

①甘子：柑树的果实，又称"柑橘"。②圃：种植花草菜果的园子。③蹊：小路。

译文

白露时节，柑橘上爬满了露珠；清晨时分，我骑马出游散心。园圃是开拓在连石的林树间，江上的渡船正横渡入江的溪水。倚案观鱼，弄懂了鱼的乐趣；骑马回家，惊起了林中飞鸟。知道秋天的果实渐渐变得甘美，清幽的小路上就担心会有太多岔路。

赏析

杜甫旧曾有橘圃，此为秋日视圃时作。全诗前四句为去程，写清晨乘马赴园；后四句为归程，写傍晚由园归家所见所思。

首联提笔点题，道出时节，交代来意——白露时节，柑橘上结出了团团露珠，清晨诗人骑马出游。颔联继而铺陈沿途秋景，园圃在树木、山石相连间，江上小舟正缓缓驶入河溪。颔联写静，先陆上再水中；颈联写动，却是先水中再陆上。一水一陆，一静一动，妙趣横生，为全诗的妙处所在。尾联收束，一个"渐"字如同为这幅秋景图引入了一条时间轴，一个"恐"字，以一种玩笑的口吻，道出如果知道园中的柑橘渐渐成熟，恐怕本来幽静的路上，会多出许多来采摘的人踩出的小径吧，十分诙谐。

长恨歌（节选）

[唐] 白居易

蜀江水碧蜀山青，圣主朝朝暮暮情。
行宫①见月伤心色，夜雨闻铃②肠断声。
天旋地转③回龙驭，到此踟躇不能去。
马嵬坡④下泥土中，不见玉颜空死处。
君臣相顾尽沾衣，东望都门信⑤马归。
归来池苑皆依旧，太液芙蓉未央柳。
芙蓉如面柳如眉，对此如何不泪垂。
春风桃李花开日⑥，秋雨梧桐叶落时。

注释

①行宫：皇帝离京出行时的临时住所。②夜雨闻铃：史载，唐玄宗夜晚出行，山中遇雨，听到铃声与山相和，有感而作《雨霖铃》曲，悼念杨贵妃。③天旋地转：原指天地旋转。此处指局势出现好转。一作"天旋日转"。④马嵬坡：贵妃杨玉环被赐身死的地方。⑤信：任凭。⑥日：一作"夜"。

译文

蜀江江水澄碧，蜀山山色青青，君王从早到晚日夜追思。行宫望月，月色凄然，令人心伤；雨夜闻铃，铃声凄恻，声声断肠。时局好转，君王重返长安。路过马嵬坡，踟蹰不前，不愿离去。马嵬坡下，泥土纷杂，已看不到贵妃枉死的地方。君臣相顾，泪湿衣襟。东望长安，信马由缰，返回朝堂。归来后，池阁宫苑依旧，太液池的荷花仍旧盛美，未央宫畔的垂柳仍旧婀娜。荷花盛放，仿佛贵妃的娇颜；柳叶纤纤，仿佛贵妃的细眉，面对这样的情景，怎能不伤心垂泪。春风吹开了桃李花，物是人非；秋雨潇潇，梧桐叶落的时候，更添寂寥。

赏析

《长恨歌》是唐代诗人白居易写的一首长篇叙事诗，诗风简丽、语言精练、对仗工整、情真意切，堪称经典。

当年，叛贼安禄山以铲除奸臣杨国忠为借口，起兵造反，引发民愤。唐玄宗与杨贵妃仓皇逃走，途经马嵬坡时，军队哗变，唐玄宗不得不赐死杨贵妃，以平息士兵们的怒火。

唐玄宗为此伤心不已。

　　节选部分，诗人以且叙且抒的方式，白描与比喻叠加的笔法，将唐玄宗对杨贵妃的思恋追忆之情及物是人非的绵绵"长恨"描绘得入木三分。"朝朝暮暮"写出了思恋的绵长，"见月伤心""闻铃断肠"摹出了思恋的深切，"踟蹰不去""相顾沾衣""归来泪垂"更将这种深切的思念写得淋漓尽致。芙蓉垂柳、桃李春风原都是极明媚的物象，然而，丽景仍在，物是人非，睹物思人，不免更觉悲凄。此处，诗人没有直言思念之悲，反而以景写情、融情于景，以乐景写悲情，笔意婉转，最见情真。

悯^①农（其一）

[唐] 李绅

春种一粒粟^②，秋收万颗子^③。
四海无闲田^④，农夫犹^⑤饿死。

注释

①悯（mǐn）：怜悯，同情。②粟：泛指谷物。③子：谷子。④闲田：荒废的、没有耕种的田地。⑤犹：依旧，仍然。

译文

春天种下一粒谷物的种子，秋天就能收获众多粮食。天下没有荒废的、不耕种的田地，农民却依旧因饥饿而死。

赏析

这是一首清新质朴的小诗。全诗自然晓畅，情感真挚，历来为人传颂。

诗的前三句层层递进，欲抑先扬，用简朴的语言勾勒出了春种秋收的农事场景。"一粒""万颗"的对比，形象地写出了丰收的盛景；"无闲田"则热情地讴歌了农民的勤劳纯朴。

没有闲置的耕田，田地的收成也不错，按理说农民的生活应该不错，但事实却并非如此。最后一句，陡然转折，给出了一个全然相反的残酷结局——"农夫犹饿死"。

为什么会这样？诗人没有说。全诗到此，戛然而止。个中原因，全凭读者自己去想象。然而，收获"万颗子"，却仍被"饿死"的"农夫"无疑是极令人怜悯的，于是，全诗的情感基调回归到了"悯农"这一主题。诗人谋篇布局之高妙，可见一斑。

下列诗句中，与《悯农》的情感基调不一致的是哪一项？

□ A. 锄禾日当午，汗滴禾下土。
□ B. 稻花香里说丰年，听取蛙声一片。
□ C. 田夫抛秧田妇接，小儿拔秧大儿插。
□ D. 晨兴理荒秽，带月荷锄归。

诗词拾趣

乌夜啼①·昨夜风兼雨

[南唐] 李煜

昨夜风兼雨，帘帏②飒飒③秋声。烛残漏断④频欹⑤枕，起坐不能平。

世事漫⑥随流水，算来一梦浮生⑦。醉乡⑧路稳宜频到，此外不堪行。

注释

①乌夜啼：词牌名。在词谱中有两种词牌都叫《乌夜啼》，一是《相见欢》的别名，又名《秋夜月》《上西楼》，唐教坊曲，三十六字；二是《乌夜啼》本身是唐教坊曲，又名《圣无忧》，平韵四十七字，又有四十八字，与前者不同。这里的"乌夜啼"是第二种。②帘帏（wéi）：帘子和帷幕。③飒（sà）飒：形容风吹动树叶的声音，这里指风吹帘帏发出的声音。④漏断：一作"漏滴"，漏壶中的水快要漏完，表明时间很晚。漏，古代计时器，漏壶上下分好几层，上层底部有小孔，可以滴水，设置滴水量，插上刻度尺，根据水指示的刻度来显示时间。⑤欹（qī）：斜，倾斜。⑥漫：徒然。⑦浮生：指人生短促，世事虚幻。⑧醉乡：指喝醉酒后意识不清醒的状态。

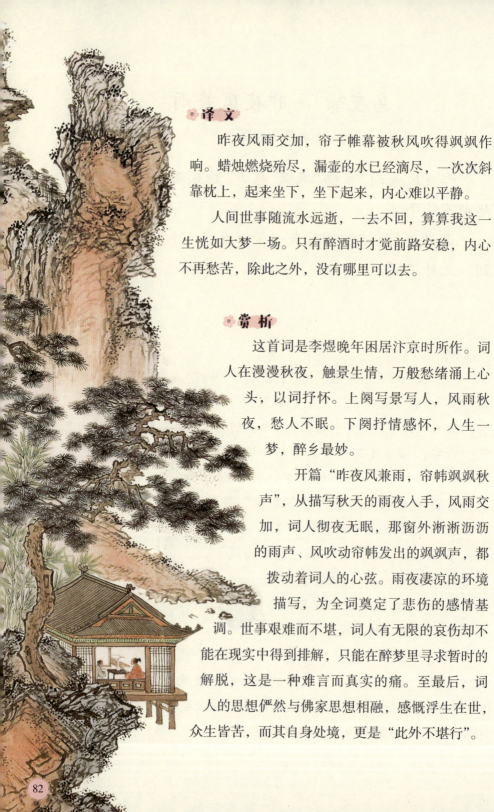

译文

昨夜风雨交加，帘子帷幕被秋风吹得飒飒作响。蜡烛燃烧殆尽，漏壶的水已经滴尽，一次次斜靠枕上，起来坐下，坐下起来，内心难以平静。

人间世事随流水远逝，一去不回，算算我这一生恍如大梦一场。只有醉酒时才觉前路安稳，内心不再愁苦，除此之外，没有哪里可以去。

赏析

这首词是李煜晚年困居汴京时所作。词人在漫漫秋夜，触景生情，万般愁绪涌上心头，以词抒怀。上阕写景写人，风雨秋夜，愁人不眠。下阕抒情感怀，人生一梦，醉乡最妙。

开篇"昨夜风兼雨，帘帏飒飒秋声"，从描写秋天的雨夜入手，风雨交加，词人彻夜无眠，那窗外淅淅沥沥的雨声、风吹动帘帏发出的飒飒声，都拨动着词人的心弦。雨夜凄凉的环境描写，为全词奠定了悲伤的感情基调。世事艰难而不堪，词人有无限的哀伤却不能在现实中得到排解，只能在醉梦里寻求暂时的解脱，这是一种难言而真实的痛。至最后，词人的思想俨然与佛家思想相融，感慨浮生在世，众生皆苦，而其自身处境，更是"此外不堪行"。

诗词拾趣

从下面词组中各选一个字，组合成诗词。

● 春风得意　花红柳绿　秋高气爽　日新月异
　无可奈何　时运不济　一目了然

● 答非所问　君子之交　嫉贤妒能　无中生有
　相差无几　少见多怪　借酒浇愁

句1

句2

望海潮·东南形胜

［宋］柳永

东南形胜，三吴①都会，钱塘自古繁华。烟柳画桥，风帘翠幕，参差十万人家。云树②绕堤沙。怒涛卷霜雪，天堑③无涯。市列珠玑④，户盈罗绮，竞豪奢。

重湖⑤叠𪩘⑥清嘉⑦。有三秋桂子，十里荷花。羌管弄晴，菱歌泛夜⑧，嬉嬉钓叟莲娃。千骑拥高牙⑨。乘醉听箫鼓，吟赏烟霞⑩。异日图将好景，归去凤池⑪夸。

注释

①三吴：即吴兴（今浙江湖州）、吴郡（今江苏苏州）、会稽（今浙江绍兴）三郡，在这里泛指现在江苏南部和浙江的部分地区。②云树：树木像云一样，形容非常多。③天堑：自然沟壑。通常指长江，这里被借用来指钱塘江。④珠玑：这里广义上是指宝贵的商品。珠，珍珠；玑，不圆的珍珠。⑤重湖：西湖以白堤作为分界线，分为里湖和外湖，因此也叫重湖。⑥叠𪩘（yǎn）：重峦叠嶂的山峦，这里指西湖周边的山。𪩘，小山峰。⑦清嘉：清丽美好。⑧菱歌泛夜：晚上采菱回来的船上的歌声。菱，菱角；泛，漂浮。⑨高牙：高矗的牙旗。牙旗，将军之旌，竿上用象牙进行装饰，所以叫"牙旗"。这里指高官孙何。⑩吟赏烟霞：赞叹和欣赏湖光山色。烟霞，这里指山水林泉等自然景观。⑪凤池：全称是凤凰池，原指皇宫禁苑中的池沼。这里指朝廷。

译文

杭州地处东南，山川壮美，是三吴的都会，自古以来，就十分繁华富庶。画桥畔，轻烟笼罩绿柳，挂着挡风的帘子，垂着翠绿的帷幕，城内楼宇高低错落，大约有十万户人家。茂盛如云的树木环绕着沙堤，汹涌的波涛卷动着

巨浪，浪花白如霜雪，钱塘江面一望无际。市场中陈列着琳琅满目的珠宝，家家户户都存着绫罗绸缎，一个比一个豪奢。

西湖内外，山峦重叠，风光清秀佳丽。秋日有桂花，夏日有十里的莲荷。晴日吹管奏乐，欢快畅游；夜晚，唱着清歌泛舟采菱，垂钓的老翁、采莲的少女全都喜笑颜开。众多的骑兵簇拥着高高的牙旗，趁着酒醉，聆听萧鼓管弦之声，歌咏和赏玩湖光山色。他日将这美好的景致描绘出来，回京城时向人夸耀。

❀ 赏析

后人都认为柳永一生嗜写香艳之词，但读此词后就会明白，词人的内心其实也有激昂豪迈之英气。词的上阕，"东南形胜，三吴都会"，开篇便铿锵有力，而于有力之声当中又独辟蹊径。"市列珠玑，户盈罗绮"，短短八个字就把形胜之地的"竞豪奢"之现实反映了出来。这样的写法既有借用历史沉淀而歌颂国运昌盛之意，又不乏彰显自我才情的思想，此意于下阕词中显示得最为分明。不过，柳永此词相比于他自己的一贯风格都有所区别，可称得上匠心独运。全词虚实相生，对仗工整，借用夸张之语，以期打造一幅太平盛世的良辰美景之画。

望海楼①晚景五绝（其四）

[宋] 苏轼

楼下谁家烧夜香，玉笙哀怨弄初凉。
临风有客吟秋扇，拜月无人见晚妆。

注释

①望海楼：又名"望潮楼"，位于杭州凤凰山，是杭州著名景点。

译文

望海楼下，谁家夜里点燃炉香？夜色初凉时便响起了玉笙哀怨的曲调。此时有人正迎着秋风在吟诵秋扇歌，也有人为了拜月祈祷精心打扮，却无人可见。

赏析

首句"楼下谁家烧夜香"，以"谁家"之问逗起全诗，以"夜"点明时间，以"楼下"表明地点，整饬工严，自见功底。次句"玉笙哀怨弄初凉"意承前句，"初凉"暗表时序为秋，且夜并不太深，"凉"隐有照应"哀怨"之意，"玉笙"声声，呜咽远传，更将这种哀与怨衬托到了极致。第三句"临风有客吟秋扇"，由声、由景直接及人，写到了那伫立风中、吟咏秋扇的"客"，第四句"拜月无人见晚妆"，则将那位深夜焚香奏笙，精妆拜月祈祷的女子描入图中，为首句的猜测作一总束归结。

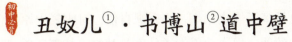

丑奴儿①·书博山②道中壁

[宋] 辛弃疾

少年③不识④愁滋味，爱上层楼⑤。爱上层楼，为赋新词强说愁⑥。

而今识尽⑦愁滋味，欲说还休⑧。欲说还休，却道"天凉好个秋"！

注释

①丑奴儿：词牌名，双调四十四字，平韵。②博山：位于今江西广丰县西南。因形状和庐山香炉峰很像，所以得此名。③少年：指年龄尚小时。④不识：不明白，不清楚。⑤层楼：高楼。⑥强（qiǎng）说愁：没有忧愁强行说愁。强，竭力，极力。⑦识尽：深深明白。⑧欲说还休：想说却没有说出来。

译文

年轻的时候不懂得忧愁的滋味，喜欢登上高楼。喜欢登上高楼，为了作一首新词，硬要说愁。

现在深深懂得了忧愁的滋味，想说却说不出来。想说却说不出来，只能说"好个凉爽的秋天！"

赏析

上阕，词人以一句"少年不识愁滋味"言简意赅地抒发了昔日"无愁"之意气风发。少年时代的词人，虽身处中原沦陷之地，见多了金兵掳掠，也见多了烽火硝烟，却乐观自信，对收复中原饱含热情与希冀。那时候的他，根本就不知道什么是愁绪，甚至还曾"为赋新词强说愁"。然而随着年龄的增长，词人终于知道了什么是愁，但是"欲说还休"。因为少年不识愁滋味，所以喜欢登高望远。因为爱上高楼，所以登高之际才乐于抒怀，才"为赋新词强说愁"。因为"识尽愁滋味"，愁绪太多太多，所以千头万绪，竟无从说起。正因无从说起，所以欲言又止，最后不得不转移话题，说天凉，言秋意。如此这般，全词因果丝丝入扣，"忧愁"之情也层层深入。

剑吓千户

辛弃疾十六岁那年，家乡历城（今山东济南）沦陷，经常有金人强闯民宅，作威作福。这天，一个叫完颜千户的金人闯进了辛弃疾家，逼着辛家用好酒好肉招待他。辛弃疾非常气愤，但又不能直接赶走金人，于是，他想了个主意。酒宴进行到一半的时候，他站起来，走到完颜千户面前，说要舞剑为他助兴，千户很高兴地答应了。

辛弃疾的剑舞得非常好，时而凌厉，时而轻盈，舞到一半的时候，他突然跃起，仿佛展翅的大鹏，提剑直刺完颜千户的脑门。完颜千户吓得脸色煞白，一屁股坐在了地上，碰翻了桌子，菜汤、酒水洒了他一身，看上去非常狼狈。剑尖在离千户脑门一寸的地方停住了，辛弃疾从容地把剑收起来，退回座位。千户出了丑，说了两句场面话就急匆匆地走了。

太常引① · 建康中秋夜为吕叔潜②赋

[宋] 辛弃疾

一轮秋影转金波③，飞镜④又重磨⑤。把酒问姮娥：被白发，欺人奈何⑥？

乘风好去，长空万里，直下看山河。斫⑦去桂⑧婆娑⑨，人道是，清光更多。

注释

①太常引：词牌名。②吕叔潜：作者的朋友。③金波：原指金色的波浪，此处用来形容浮动的月光。④飞镜：喻指明月。⑤重磨：月光重新变得明亮，像铜镜被重新磨过一样。此处形容月亮再次变圆。⑥被白发，欺人奈何：晚唐诗人薛能的组诗《春日使府寓怀》中有两句"青春背我堂堂去，白发欺人故故生"，词人化用了这两句诗，既感慨年华易逝，又悲叹怀才不遇。⑦斫（zhuó）：砍伐。⑧桂：桂树。⑨婆娑：树影摇曳的样子。

译文

一轮秋月高悬，月光流转浮动，明月又重圆。举起酒杯，询问嫦娥："白发渐多，好像故意欺负我，又能怎么办呢？"

乘风飞上万里长空，俯瞰大好山河。把月中树影摇曳的桂树砍掉，人们都说，这样一来洒落人间的月光会更多。

❀赏 析

    辛弃疾是南宋抗金名将，平生最大的愿望就是收复中原故土。但是当时南宋朝廷懦弱，投降派主政，词人怀才不遇，愿望始终难以实现。这首词就是他感慨境遇即兴所作。

    整首词看似是在写中秋，写明月，是在对月抒怀，实际上却是在托物言志。上阕"问姮娥"三句，借古用典，抒发了怀才不遇的悲愤，非常压抑。下阕，词人却陡然提振笔锋，用"乘风好去""直下""斫去桂"表达了肃清内患、恢复河山的豪迈志向，全词的感情基调随之转为积极昂扬。此处，"桂"指的不仅是月宫的桂树，还是朝廷中的投降派，一字双关，用得极妙。最后一句，"清光更多"既是写景，也是词人对抗金胜利的美好展望，含蓄蕴藉，颇见功底。

白马篇

[三国] 曹植

白马饰金羁^①，连翩^②西北驰^③。
借问谁家子，幽并^④游侠儿^⑤。
少小去乡邑，扬^⑥声沙漠垂^⑦。
宿昔^⑧秉^⑨良弓，楛矢^⑩何参差。
控^⑪弦破左的^⑫，右发摧^⑬月支。
仰手接飞猱^⑭，俯身散马蹄。
狡捷过猴猿，勇剽^⑮若豹螭^⑯。
边城多警急，虏^⑰骑数^⑱迁移。
羽檄^⑲从北来，厉马^⑳登高堤。
长驱蹈^㉑匈奴，左顾凌^㉒鲜卑。
弃身锋刃端，性命安可怀^㉓？
父母且不顾，何言子与妻！
名编壮士籍，不得中顾私。
捐躯赴国难，视死忽如归！

注释

①羁：马笼头。②连翩：翻飞不停状，这里形容轻捷迅急的样子。③西北驰：魏初西北地区为匈奴、鲜卑等少数民族居住区，指驰向西北边疆战场。④幽并：幽州和并州。⑤游侠儿：指重义气而不怕牺牲生命的青年男子。⑥扬：传扬。⑦垂：同"陲"，边疆。⑧宿昔：早晚。⑨秉：持。⑩楛（hù）矢：用楛木做的箭。⑪控：引，拉开。⑫左的：左方的射击目标。⑬摧：毁坏。⑭猱（náo）：猿类，善攀爬，上下如飞。⑮剽：行动轻捷。⑯螭（chī）：一种传说中的猛兽。⑰虏：胡虏，古时对北方少数民族的蔑称。⑱数：屡次。⑲羽檄（xí）：檄是军事方面用于征召的文书，插上羽毛表示军情紧急，故名。⑳厉马：策马。㉑蹈：践踏。㉒凌：压制。㉓怀：爱惜。

译文

配着金笼头的白马，身姿俊逸，不断向西北奔驰。请问这是谁家的儿郎，是幽州和并州的游侠。年少时离开家乡，在沙漠边陲扬名。弓弩和用楛木做的箭日夜不离手，练就一身武艺。开弓拉弦，左右射击，射破了靶心。抬手迎前就能射中宛若飞奔的猿猴。弯腰向下散射，箭矢正中马蹄。比猿猴还要灵敏，像豹、螭一样勇猛迅捷。边城多次示警告急，胡虏多次移动进犯。北方频频传来加急文书，游侠扬鞭策马登上高高的堤坝。向前奔驰直捣匈奴巢穴，回师左顾，威压鲜卑。舍身锋刃之间，哪还能顾及自身安危？父母都无法看顾侍奉，更别说妻子儿女！名字编录在壮士的名册里，个人的私事早已顾不上。在国家危难之时舍身报效，早已将死亡看得像回家一样平常。

赏析

曹植的诗歌前期与后期在内容上有很大差异。前期诗歌可分为两大类：一类表现他贵介公子的优游生活，另一类则反映他"生乎乱，长乎军"的时代感受。后期诗歌，主要抒发他在压制之下时而愤慨，时而哀怨的心情。曹植把抒情和叙事有机地结合起来，使五言诗既能描写复杂的事态变化，又能表达曲折的心理感受，极大丰富了它的艺术功能。从汉献帝建安到魏文帝黄初年间，曹植最有价值的文学作品，除了那些反映人民苦难的篇什外，就是抒发渴望为国家建功立业的理想篇章。这方面的代表作当属《白马篇》。在这篇英雄少年的"理想之歌"中，诗人努力塑造了武艺精绝、忠心报国的白马英雄形象。

诗词拾趣

请根据下面提供的字，写出两句诗。

本	煮	豆	煎	水	急
平	相	是	换	何	魏
冰	东	然	同	象	舞
生	吟	太	曹	秋	根

句1

句2

月夜金陵怀古

[唐] 李白

苍苍^①金陵月，空悬帝王州^②。

天文列宿^③在，霸业大江流^④。

绿水绝^⑤驰道，青松摧古丘^⑥。

台倾鸹鹊观^⑦，宫没凤凰楼^⑧。

别殿悲清暑^⑨，芳园罢乐游。

一闻歌玉树^⑩，萧瑟后庭秋。

注释

①苍苍：苍白色。②帝王州：金陵过去是六朝古都，故称。③列宿：指天上的星宿。④霸业大江流：意思是古代的帝王伟业已经一去不复返。⑤绝：冲断。⑥古丘：指六朝时的坟墓。⑦鸹（zhī）鹊观：汉宫观名，在长安甘泉宫外。⑧凤凰楼：凤楼，指皇宫内的楼阁。此句与上句一起，泛指诗人所见金陵宫殿摧颓的景象。⑨清暑：清暑殿，位于台城内，为晋孝武帝下令建造。尽管是夏天，依然有清风拂来，因此得名。⑩玉树：即《玉树后庭花》。

译文

金陵苍白的月空悬在这旧日屡出帝王的古城州郡之上。天上的星宿仍有序地排列着，帝王的霸业却已如流逝的江水一去不回。碧绿的水波阻绝了天子的御道，六朝古墓残毁，墓冢间长满松柏。鸹鹊台倒塌了，凤凰楼毁灭了，清暑殿悲凉一片，乐游苑无人游赏。一听到有人吟唱《玉树后庭花》，就越发觉得秋日寒凉，萧瑟难耐。

赏析

　　诗的开篇便承袭李白的悲壮豪放之风，苍茫之月照亮着旧都金陵，明月未变，星宿未变，可是曾经的王者之气却化作一江流水，一去不复返了。这样的大气，不免给人无尽之悲愁。这种悲是无可寄托、不可回还的壮烈之悲，有种不叙悲却悲怀满满之感。接下来，诗人开始沿旧迹而行，呈步步推进之势。"绿水绝驰道，青松摧古丘"，这虽明为写景，实则有所发问：人世之间何谓永恒？水可长流，树可长青，但曾经行走于此的旧人还不是被掩于坟墓了？所以，在这样的感慨中才会产生世界易变的悲情之象："台倾鸋鹊观，宫没凤凰楼。别殿悲清暑，芳园罢乐游。"这样的现实是残酷的，但也是不可违背的。想到此，诗人不由凄然苦叹："一闻歌玉树，萧瑟后庭秋。"

杨柳枝词九首（其七）

[唐] 刘禹锡

御陌青门拂地垂，千条金缕万条丝。
如今绾①作同心结，将赠行人知不知？

注释

①绾（wǎn）：打结。

译文

长安东门外的街道上杨柳成行，柳枝拂动轻垂，千条万条，仿佛是泛着金色的丝绦。用柳枝绾成的同心结，远行的人知不知道这是送给他的呢？

赏析

本诗是典型的咏物诗，对仗工整，用语灵巧。诗的前两句写景，陌上垂杨，枝叶婀娜，袅袅的翠色掩映着宫门，随风起舞间，一如千万条丝带飘扬，唯美异常。一个"垂"字，既婉转表明了歌咏的是杨柳，又形象地写出了杨柳的袅娜姿态；后面的"千条金缕万条丝"一句，更将杨柳的柔美之姿表现得淋漓尽致。杨柳春风，景色如此明媚，彼时，漫步陌上，自然应该是心怀愉悦的，但诗人胸中却仍有愁绪万端。在古诗词中，杨柳多寄相思送别之念，三、四两句，诗人抒发的同样是这样的思绪。杨柳可做"同心结"，但是否赠给"行人"，是否能让其知道这份眷念之意呢？诗人虽是在问，却无须答，言外一片相思之意便已溢于言表。

金缕衣①

[唐] 杜秋娘

劝君莫惜金缕衣，劝君须惜少年时。
有花堪②折直须③折，莫待④无花空折枝。

注释

①金缕衣：缀有金线的衣服，比喻荣华富贵。②堪：可以，能够。③直须：尽管。④莫待：不要等到。

译文

劝你不要顾惜荣华富贵，劝你珍惜少年的时光。花开了，能够折取就尽管去折，别等花落了，只能折空枝。

赏析

这是一首流传于中唐时期的诗歌，其作者已不可考。由于镇海节度使李锜颇为喜爱这首小诗，常让侍妾杜秋娘在宴席之上演唱，后世唐诗选本便直接将李锜或杜秋娘当作本诗作者。这首诗虽然词浅意白，却可以进行多方面的解读，因此这首诗在多重解读中一遍一遍被翻新，从而获得新的生命力。它的表面意义很好理解。"劝君莫惜金缕衣，劝君须惜少年时"，诗人奉上自己的劝告：希望您不要将美妙的年少时光虚掷在金缕衣上，希望您能够明白少年时光的珍贵。"有花堪折直须折，莫待无花空折枝"，当春花盛放的时节，您只需径直将花朵折下来，放入怀中，不要等到春过花谢之后，只能将空枝折下，哀叹逝去的美好。这首诗的每一句都在劝人珍惜年少时光，但每一句的意思都在不同层面深化了主题。

江城子·清明天气醉游郎①

[宋] 秦观

清明天气醉游郎。莺儿狂。燕儿狂。翠盖②红缨③，道上往来忙。记得相逢垂柳下，雕玉珮，缕金裳。

春光还是旧春光。桃花香。李花香。浅白深红，一一斗新妆。惆怅惜花人不见，歌一阕④，泪千行。

注释

①游郎：游冶之人。②翠盖：原指帝王所乘以翠羽为饰的车辇，此泛指一切华美的车辆。③红缨：用红色的丝线所制的装饰物，通常指帽子。④阕：量词，修饰歌曲或词。

译文

清澈明朗的天气让外出游玩的少年郎沉醉，黄鹂、燕子都自由自在地飞翔。乘着华美的马车，戴着精致的冠帽，大道上车马行人往来不绝。记得相遇在一棵垂柳下，你戴着玉佩，穿着华美的衣裳。

春光还是旧日的春光，桃花和李花全都花香馥郁，或是浅白，或是深红，换了新妆，争奇斗艳。让人伤感的是，那个惜花的人不见了。清歌一曲，泪洒千行。

赏析

词的首句不着痕迹地将时间、人物、事件点明，给下文的展开做好了充足的铺垫。"莺儿狂。燕儿狂"中的两个"狂"字，将春日中生

机勃勃、莺歌燕舞、热闹繁华的气氛勾勒出来。"翠盖红缨，道上往来忙"，从景到人，过渡得十分自然流畅。"记得相逢垂柳下，雕玉珮，缕金裳"，从"翠盖红缨"出发，词人想象着车中坐着面容姣好的少女，不由想起了已然不在身边的故人。这种承转在意料之外，却也在情理之中。

下阕紧接上阕，"春光还是旧春光"，短短一句，却是隐痛深沉。"桃花香。李花香。浅白深红，一一斗新妆"，在这年年相似的春光中，桃李竞开，暗香浮动，这是何等美丽动人。"惆怅惜花人不见"，词人看见那些花儿都还在，可是，惜花的人哪儿去了？最后，词人也只能在歌声中泪流满面。

诗词拾趣

在下面空白处填上合适的词语，补全诗句。

1.金风 ☐☐ 一相逢，便胜却 ☐☐ 无数。

2.两情若是 ☐☐ 时，又岂在 ☐☐ 暮暮。

3.自在飞花轻似 ☐，无边 ☐☐ 细如愁。

4.柔情似水，佳期如梦，忍顾 ☐☐ 归路。

醉花阴① · 薄雾浓云愁永昼

[宋] 李清照

薄雾浓云愁永昼，瑞脑②消金兽③。佳节又重阳，玉枕纱厨，半夜凉初透。

东篱把酒黄昏后，有暗香盈袖。莫道不消魂④，帘卷西风，人比⑤黄花瘦。

注释

①醉花阴：词牌名，双调五十二字。②瑞脑：一种香料。③金兽：兽形的铜香炉。④消魂：极度忧愁、悲伤。一作"销魂"。⑤比：一作"似"。

译文

雾气轻薄，云层浓密，漫长的白日里忧愁不散。兽形的铜香炉中龙脑香气缭绕。重阳佳节又到了，枕着玉枕，躺在纱帐中，夜半难眠，凉气浸透全身。

傍晚时分，在菊花盛开的地方举杯独酌。淡淡的清香盈满衣袖。别说不悲伤愁苦，西风卷起帘幕，人比菊花还要纤瘦。

赏析

词的上阕以秋景起兴，在秋风萧瑟之中，恰逢重阳佳节，浓云薄雾，其萧瑟程度可想而知。正是由于这种天气，才有了"愁永昼"的感慨。"佳节又重阳，玉枕纱厨，半夜凉初透"，在词人的笔下，漫长的白天是那样难熬，夜晚又如何呢？词的下阕一开始便写重阳赏菊饮酒的事情。"东篱把酒"在词人的心中成了应景的故事，即便面对篱落黄花，有酒盈杯，词人哪里有这般兴致呢？"有暗香盈袖"，菊花的淡淡幽香沾满衣袖，委婉地表达出词人对丈夫的思念。"莫道不消魂，帘卷西风，人比黄花瘦"，佳节时独自一人饮酒无聊，已是万般惆怅，而此刻萧瑟秋风又对词人造成了更深的影响。西风卷起了帘幕，寒意再度逼人，回想起篱畔黄花，在秋风中摇曳多姿，悲秋之苦，思念之情，使得词人心绪凌乱，无法排遣，心中顿生人不如菊的感慨。

诗词拾趣

请根据下面提供的字，写出两句诗。

君	花	红	黄	月	少
惜	劝	春	蓝	叶	水
于	时	雪	小	须	细
荷	大	霜	白	年	二

句1

句2

诗词拾趣

水

P7

句1：谁知盘中餐

句2：粒粒皆辛苦

P11

句1：春风又绿江南岸

句2：明月何时照我还

P16

句1：露似真珠月似弓

句2：花木成畦手自栽

P18

B

天

P27

C

P31

句1：落红不是无情物

句2：化作春泥更护花

西

P35

1. 黄鹂　白鹭

2. 死　英雄

3. 山河　草木

4. 千秋　船

P45

句1：月上柳梢头

句2：人约黄昏后

P49

句1：不识庐山真面目

句2：只缘身在此山中

风

P55

C

P60

句1：停车坐爱枫林晚

句2：霜叶红于二月花

秋

P74

1. 明月 霜

2. 必有 千金

3. 举杯 三人

4. 白帝 千里

P80

B

P83

句1：春花秋月何时了

句2：问君能有几多愁

金

P93

句1：本是同根生

句2：相煎何太急

P99

1. 玉露 人间

2. 久长 朝朝

3. 梦 丝雨

4. 鹊桥

P101

句1：劝君须惜少年时

句2：霜叶红于二月花

画中诗，诗里画

P32

啼：千里莺啼绿映红，

　　水村山郭酒旗风。

卧：最喜小儿亡赖，

　　溪头卧剥莲蓬。

落：无可奈何花落去，

　　似曾相识燕归来。

P70

篱：采菊东篱下，

　　悠然见南山。

岸：两岸青山相对出，

　　孤帆一片日边来。

木：木落雁南度，

　　北风江上寒。

选题策划：陈丽辉

文稿整理：木　梓　张丽莹
　　　　　高　美　林文超
　　　　　吴　峰　袁子峰
　　　　　邓　婧　李旻璇

特约编辑：白海波

版式设计：段　瑶

排版制作：张大伟

封面绘制：厚　闲

插图绘制：深圳画意文化